究竟人們熬夜是為了什麼呢？
我們想等待與換取的又是什麼呢？

無解的日常題目

高可芯

Contents

Contents

Contents

輯五

漫長的自習

輯一

聲音變成一團霧

「熬」

這一年我深刻感受到日子長在自己身上的模樣，不管是日漸消不下去的小腹，或是頻繁掉落的頭髮，以及不再承受得住夜晚的眼周。我的身體正在累積著歲月，我終於感受到了自己正在衰老的事實。我想起《一一》的最後，幼小的洋洋在奶奶的喪禮上，說著自己老了，我突然能明白了那份心情，老不是一個時間範圍，而是親眼見證自己的變化後，一份深刻的感覺。

我想紀念自己的老去，於是興起提筆記錄的念頭。每當我感覺自己又老了一點，我就寫寫東西，然而這些文字從寫好到完成，可能會有很大的時差。身爲一個拖延的完美主義者，我一直都有某種脫臼問題，完成的速度跟不上發布的速度，書寫的速度跟不上感受的速度，所以一篇文章的完成多半已經過期。但我總是自我說服這種過期其實也是一種質感，就如同我們每晚看見的星星，也都是好幾萬年前的光一樣。

最近我開始思考起「熬」這個字的意義。媳婦熬成婆、熬一碗雞湯、熬夜，生活裡關於「熬」的詞句，似乎都是透過某種身體的苦難去等待或是去換取，某個更珍貴的東西。媳婦總有一天可以熬成位高權重的婆婆，雞骨也總會熬成溫補的雞湯，那究竟人們熬夜是爲了什麼呢，我們想等待與換取的又是什麼呢？

我十分喜歡熬夜，只是常不知道自己在熬什麼，也許我只是喜歡那份相信自己能熬成什麼的感覺。我想，期待眞的是人活著很重要的情緒，而熬夜就是期待的溫床，在今天結束之前，在我變得更老之前，夜晚彷彿給予了我某種離開現實卻尚未踏入夢境的閣樓。在這個閣樓裡，不管是一些不著邊際的計畫、一些對於生命的清單、或是一封寫給過去愛人的信，好像任何事都能發生。閣樓是樓層之間的夾縫，如同每天多熬出來的那些夜，也都是日子的夾縫，我想人們便是著迷於這些夾縫吧。

曾經我也調整過作息，成功早睡早起，那陣子日子過得踏實穩當，從不需上閣樓翻找東西。然而我最終仍是被那些隙縫召喚回去了，因爲我終究是敵不過那些隙縫中不斷呼喚我的，那還沒想透徹的爭吵，那搞不懂卻仍想愛的人，以及好多還想去完成的事情。

累了就會睡了，然而總是在夜晚爬上閣樓的我，似乎還永遠無法對生命裡的發生感到疲憊，仍會去期待，仍不想放棄，仍想用睡眠的時間去讀懂這漫長的生命。而體力過剩又一片混沌的我，也許正在衰老，卻還沒眞正地老去。寫下這些的夜晚，又是一個在閣樓裡的長夜，謝謝那些日子裡的夾縫，當我提起筆記錄自己的老去，而你卻留下了我的年輕。

「尋短」

我有份兼職工作，每個週末會來到一間小書屋教孩子閱讀寫作。在這裡我陪孩子閱讀，從書中和他們一起探討沒有標準答案的問題，聽著他們尚未被世界框架後的回答。我和他們屬同生肖，他們比我更靠近出生，而我比他們更靠近死亡。在課堂上，這些剛來到世界的新生命，時常反覆向我提到死亡的問題。

三毛、芥川龍之介、莫泊桑、費茲傑羅，每次介紹作者時，他們名字後括弧裡的年限是那麼短，短到他們總問：「老師，爲什麼作家都那麼早死？」或是即便年限長了點的張愛玲、海明威、赫胥黎，離開世界的方式也不那麼容易讓人直視。

「那你們覺得幾歲死才不叫早呢？」我反問。「至少要八十歲吧？」他們直覺地回答。我都忘了他們活在醫療發達的年代，打從出生起就三代同堂，對於人類這個物種，最早的記憶，便是看著爬滿紋路的祖父母輩。因此在他們的世界裡，也許有著人輕鬆活，也能活個幾十年的預設。

「所以老師，爲什麼這些作家都那麼早死？」

服藥自殺、酗酒而死、喪心病狂，一覽這些作家們的生平與死因，大同小異，他們是有才氣的，也是瘋的，而人究竟是怎麼瘋掉的，是否有跡可循？創作與憂鬱究竟誰是因，誰又是果？有一陣子，我時常聽馬世芳老師的《耳朵借我》節目，總一面聽一面嘆息，一個個我喜歡的音樂人們，他們的才氣與憂鬱成正比。

我其實明白當代的顯學是短不是長，因此我們的歌曲越來越短，影音也越來越短，網路縮短了我們與世界的距離，然而人究竟爲何尋短，短爲何值得追尋？

我在十幾歲便開始思考所謂死亡的問題，我常在想究竟要當個快樂的笨蛋，還是痛苦的哲學家，然而當我一思考這個問題，其實我也已經做了我的回答。我就是那種在十八歲便打算在三十歲前死掉的人，因爲我實在對衰老沒有概念，非常難以想像自己的三十歲之後。我的父母時常話當年，說著你們現在的小孩有多幸福，我們小時候有多辛苦。然而爲什麼我們這所謂幸福的一代，卻更多時候是吃得飽、穿得暖、躺在軟綿綿的床上，思考著自己究竟從何時起不再快樂的問題？

厭世作為我們這一代的標籤，我總是心存懷疑。若從不在乎，怎會心生厭惡？而當憂鬱、焦慮幾乎佔領著整個世代，輕生怎麼看都不是輕視生命的妄舉，而是因為太在乎才做的選擇。

那些總說著自己辛苦的父母輩，從小面對著生存的問題，人生的目標單純而直接，只求安居溫飽，他們總先求有，再求好；然而一出生就什麼都有的我們，別無選擇地，這一生注定得去追尋好。然而究竟什麼是好，又是誰規定了好，而好是否有盡頭？

當好這件事，成爲一項人生題目時，答案可能介於無限與無解之間。因此我常覺得我們這一代過的生活，就像在考一張能夠翻找答案的考卷。我們擁有一切資源，隨處翻閱，琳琅滿目，然而我們寫的卻是沒有標準答案的申論題，使得我們非但無法抄襲，且邊寫邊懷疑。而當找不著答案，構思不出作答方法時，那種心慌是沒有盡頭的。這種時刻對於短的追尋，有時便會成爲一項呼喚。

因此我只想活到三十歲，除了是一種對於短的眷戀，更是一種偷懶的想法。因爲一旦活得短，作答的時間就會短，能犯錯和成就自己的時間少，被檢驗的資料也就不會多。我總幻想，當我死後要被評估這一生時，也許我只要說：「我時間不夠嘛，所以沒時間做這個做那個。」便能含糊帶過，潦草收尾。我僥倖地希望，若我根本沒完成考卷，是否這一生就不用輕易被打上分數？

當我閱讀一些影評書評，這樣的感覺也會浮現。看著評論家們分析著創作者這一張專輯與上一張，這次的小說與上一本，這部電影與上一部，我總感覺殘酷，因爲人只要活著，還在繼續創造，就必定面臨「現在你之於過去你」的比較問題，而我就是懦弱得不想走上這個審判擂臺。沙特說他人即地獄，我父親說：不要跟別人比，要跟自己比。但跟他人比，至少我還能擁有超越對方的幻想，然而跟自己比？若最好的那個我，已經過去了，那我是否還有勇氣繼續？

我忽然想起，張懸發完第一張專輯《My life will...》後，因爲〈寶貝〉一首歌而一戰成名。隔年第二張專輯發布時，她在節目上說：「爲什麼歌手不能發完第一張專輯後，就發第三張？」這樣的問題也時常在我腦內浮起，爲什麼我不能考過一次高分，就直接考第三次高分？爲什麼我不能談過一次戀愛，就幸福美滿度過一生？因爲我不知道，我到底能不能，有一就有二。很多時候，我時常感覺自己已經和最好的自己擦肩而過，而明明才努力過一次，卻感覺自己只是煙火或曇花，何其短，短過就沒了，而我似乎得用餘生去復刻和模仿自己曾經的綻放。那些作家們，是否也都是在一次次感到弄丟了自己曾經的英姿後，於是決定在自己的英年先早逝呢？我們究竟如何確認人生的高峰已過，而又該如何面對，高峰已過的人生呢？

回到課堂上孩子們追問的問題，是什麼導致人追尋短呢？我陷入漫長的思索，並且想起了大學時在課堂上聆聽浮士德的那堂課，想起了他與撒旦簽下契約的過程。年老色衰的浮士德，博學卻鬱悶，他感到人生的美好已全數與他擦肩，而他越發不快樂。於是他與撒旦簽下了契約，以生命做賭注，交換一個再次體驗美好人生的機會。只要撒旦能讓他眞心地再說出一次：「人生眞美好。」那一刻，他的靈魂便永遠屬於撒旦。在所有能失去的東西裡，浮士德最不想失去對人生的想像力，因此他甘願賭上一切，交換一個還能去相信、還能去想像生命的機會。

而人願意爲了自己對於眞善美的追求，割捨多少？又願意爲了還能夠去想像的人生，付出多少？浮士德擁有不想輕易將就的骨氣，使得他還不想放下在生命面前合十的雙手。在遇到撒旦之前，他既沒有希望，卻又不夠絕望，覺得高峰已過的他，渴望著高峰再次降臨的人生。如果心裡有個這樣的浮士德，人怎麼還能輕易接受此刻還不那麼甘心的快樂？怎麼還能覺得自己可以就這樣便宜一點，隨處安居和樂業？怎麼還能無視時間如河流般流逝，而不說服自己要當一個更主動的漁翁？

然而我們這些一個個簽了賣魂契的浮士德們，各自盼望著生命裡最好的時光，卻無法求證這些時光是否已過了期。眞實人生並不是信守承諾的撒旦，大多時候它會用銳利的鐵杵，一遍遍把我們對生命的嚮往信任磨成針，每日每日，灸著最疼的那個穴，直到有一天，或許我們不再盼著高峰，只願解脫。然而當事已至此，我們是否仍會尋長，在即便恐將一無所有，卻漫長的人生裡，沉默地等待或失落、掙扎或接受；亦或是會尋短，拒絕沉默與忍受，選擇大聲墜落。

所以我們究竟是要大聲地死，還是沉默地活？是要留，還是要走？我想起當天聽完張懸的專訪時，跑去看了她第二張專輯的名稱，而也許這是此刻我唯一能給這些孩子的回答。

《親愛的，我還不知道》。

一出生就什麼都有的我們，別無選擇地，這一生注定得去追尋好。然而究竟什麼是好，又是誰規定了好，而好是否有盡頭？

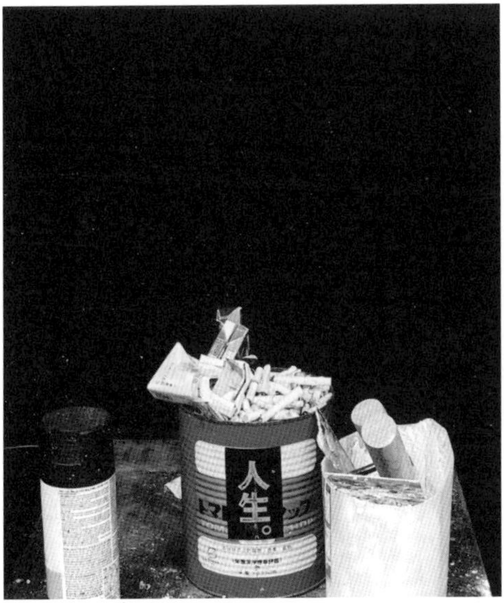
人生。

「未完成」

二十五歲正在漸漸退場的幾天，我焦慮莫名，生日一直是一年之中我最喜歡的節日，而這是我第一次對這個日子感到遲疑。我仔細思索這感受的差異，發現不知道從什麼時候開始，面對生日，我竟已不再慶祝成長，而是抗拒衰老。小時候過生日時，未來是一項迷人的概念，總覺得好的時光都在那頭，而我最好是趕快多老幾歲，以去迎接那些美好。那個時候時間多，日子長，心很空，體力足夠，還沒愛過幾個人，想像力卻過剩得能夠勾到未來的邊。幾年過去，想像力開始見底，於是我才開始感到害怕，人究竟如何走向自己沒想像過的以後，這實在是一件非常可怕的事情。

剛好生日前夕與學校去了一趟屏東做部落田野，認識了排灣族的五年祭。這是族人每五年歡迎祖靈回家的祭典，祭典上有個重要儀式叫做刺球。透過將球往上拋舉，族人得以透過刺中不同的球，預知自己未來五年的運勢，猶如一場大型的抓周大會，你刺到的東西，決定了你的明天。這些球各自有意義，有的代表財富，有的代表豐收，然而其中一顆球沒有任何分類，這顆球叫命運球。命運球沒有明確訊息，完全仰賴祖靈的決定，而刺到的族人，未來五年究竟是好是壞，只能到下個五年才能明白。因此族人們總在刺命運球的環節感到害怕，因爲刺中的人，必須承受未知這份重擔。

我感覺自己似乎每一年也都刺到了這樣的球，因爲有些人和事，感覺冥冥之中，是我刺球刺到的，而這些球，刺久了竟開始阻礙起我去想像明天。回想這幾年相伴在身邊的人和事，發現也走到了這樣的一個年紀，可以看見自己身上的某些詛咒或是模式，而我想，這些就是所謂命運的那種東西吧。開始會有我這個人好像差不多就是如此的念頭，有些人我注定會愛，有些傷我注定會受，有些話我注定會說出口，或永遠不說。這種開始慢慢幫自己下結論的習慣，是近幾年才跑出來的，而我想這肯定是我抗拒過生日的原因。可能我始終不甘，年復一年，輕易將就於這些經年累月所歸納出來的小結論裡，不願意承認自己差不多就這樣了。如同一個刁鑽的蠟像師傅，在蠟乾涸固化之前，還想動更多手腳。

像是半成品。

原來我始終著迷自己是半成品的概念，那同時容納著過去與未來，看得見它即將變成什麼，也看得見它曾經是什麼的半成品。如同「還沒、還不是」這兩個詞語，本身便同時容納著，有和沒有這兩個概念。想到小時候在綜藝節目上看到的隨行路訪，主持人採訪一對男女，詢問他們：你們是情侶嗎？兩個人面面相覷，找不到語言，最後男方既沒有說是，也沒說不是，反而意味深長地說：還不是。此話一出口，想像力便能無限蔓延，因爲他們既不是朋友，亦不是情侶，也許他們正在發展中，但不管如何，他們就是一個完美的半成品。只要他們還在「還沒」裡，便是最富有的，因爲他們擁有只有「還沒」才能創造出來的，巨大空間。

我想我也渴望如此，我希望我對自己、對生活，永遠都還能夠去想像，我渴望自己既有也沒有，渴望能一直都這樣還沒下去。然而這種對還沒的妄想，使我對時間變得眷戀，抗拒時間的往前。如同始終不拼上去的最後一塊拼圖、始終不畫下最後一筆的書法、始終不填色的最後一塊空白。我還不想被完成，還不想就這樣被裱框，失去修修改改的自由，成爲他人能夠觀賞下結語的成品。我希望自己永遠是一個被人群路過時，還能被臆測和想像的半成品。

才漸漸明白老生常談的那句年輕就是本錢，原來年輕人最富有的就是什麼都還沒，當我焦慮於自己什麼都不是，其實同時著迷著自己什麼都可能是。我其實享受在這巨大的空間裡，體驗生命如何存在於一種之間，我喜愛這種有跟無之間，因爲在這裡雖有著無限的恐懼，卻也有著無限的希望。二十幾歲過了一半，我才看見了這讓我兵荒馬亂的年紀，竟是一枚硬幣，而一面是詛咒，另一面是祝福。原來我也許從不需要答案，因爲有時候確定答案就毀了，而我在霧裡看著花，迷著路卻覺得一切都神秘又美麗。只有迷路的人心中才有正途的嚮往，而我是如此需要這份迷失的焦慮，來感覺自己看得見希望。

我迷戀自己的未完成，像個永恆少女，不想定型拒絕穩定，只想待在還沒裡。焦慮且充滿希望的年輕，生活總是看不見底；平靜且塵埃落定的衰老，生活的盡頭一望就在那裡。然而在二十五歲的尾巴，我才看見過去的年輕生命裡，我所痛恨的焦慮，其實是希望，而禍與福如何相倚，總在事過境遷才看得清。想著此刻二十歲將剩下不到一半的我，抗拒時間繼續往前的同時，其實也只看見了衰老與穩定的禍，而福呢，也許只能等待下個事過境遷才有緣分相遇。這樣一想，突然也開始期待起，自己漸漸老去的生活裡，硬幣的另一面，被翻出來的那一天。

「所以妳的稿寫完了沒，八月底截稿喔。」

還沒還沒，也許只能繼續如此回答，在硬幣翻面前。

原來我始終著迷自己是半成品的概念，
那同時容納著過去與未來，看得見它即
將變成什麼，也看得見它曾經是什麼的
半成品。

「離群」

剛剛經過我們常常一起吃早餐的咖啡廳，發現它竟然已經關門了。好久沒回來了，自從我們不再一起吃飯，我就好久沒有吃到我最喜歡的那個早餐盤。你不喜歡吃早餐，我常常點了一盤早餐盤，配著拿鐵開啟早晨，而你眼前永遠只有一杯熱美式，配上沉重的心事。我明白早晨對你來說並不容易，一天的開啟於你而言，總是戰鬥的，吃早餐只是你因爲愛我而做的陪伴。我知道，你寧可花更多的時間一腳踩進那一池公事裡，而不是悠哉地塡飽空了一整夜的胃。

我很喜歡吃早餐，吃早餐對我來說是一種對日光的交代，明白自己沒有錯過一日之計，那感受更像是一種竊喜，就像自己的便當多了一道菜，感覺自己的一天比別人長。我想這就是爲什麼我總是想當晨型人，熬夜熬久了，常覺得自己的時間是跟夜晚偷來的，是跟睡眠偷來的。然而每每早起看著窗外，永遠都有種自己賺到一整片日光的感受，畢竟早起的日光是免費的，熬夜的檯燈卻不是。

也可能因爲我是春天早晨出生的，一日之計在於晨，一歲之計在於春，我簡直是在老祖宗的智慧裡最珍貴的時間中誕生，所以有早起吃早餐的日子，我總感覺比較對得起自己的出生。但自從成年，我幾乎每日在自己的生辰時間都是沉睡的，因爲我在夜晚裡總是貪忙，而在早晨總是貪睡。我幾乎對自己的各種精神狀態都是執著的，一旦醒了就捨不得睡，而一旦睡了又捨不得醒。大部分的時間我都與內心常駐的罪惡感共處，我對自己的睡醒部署感到罪惡，因此總是匆匆地睡，又匆匆地醒，感覺自己不合時宜。

自從辭去正職工作，我就與社會時間脫節。我沒有收假症候群，更沒有星期一憂鬱，或是星期五快樂，我的整體情緒狀態幾乎不與都市人在一塊。相反地，星期一才是我的假日，而週末卻是我工作的時間，這樣的日子過久了，有時都不確定我的孤僻是個性還是選擇，常常一整天下來，發現自己沒有跟任何眞實的人說到話，因爲我總是與人群錯開。好幾次我上了公車，手機裡的Google地圖總是詢問我：你搭乘的公車是否擁擠？「不擁擠」，我總是這樣選擇，實在不擁擠，我生活在離峰時間裡，而人是否一定得活在人群中？有時我感覺答案爲否定的，因爲我喜愛孤獨感作爲外衣，它如同一張繭將我包覆，讓我可以沉溺其中。但夜深人靜，那些捨不得睡的時間裡，我又會覺得答案爲肯定的，因爲我總是會想起中學時便看過的那道經典哲學問題，關於「一棵樹，若於沒有任何生命在場的情況下倒下，那它究竟有沒有發出聲音」的問題。一件事若沒有見證者，它是否存在？若我的今天，沒有任何見證者，那今天的我是否存在？

這種時候不免想起當時還合群的日子，合群的時候雖然生活是穩的、心是定的，但我從小時候玩俄羅斯方塊，就常常想，被我轉向只爲了連成線的合群方塊，通通都消失了，而那些不合群的方塊，反而存在得越久。我是如此害怕被消失，於是選擇了孤獨，然而我也明白，自從過上這種生活，失落從未離開過我，存在感究竟有沒有那麼重要，重要到我需要傷這麼多的心，我實在不知道。

有時我會想，鶴根本不該立於雞群，而是應該離開雞群，牠只是站錯了地方，爲什麼卻被解讀成不凡？一隻從沒有脫離雞群的鶴，被簇擁的同時是否也會在一群忙著孵蛋和啼叫的同儕裡感到寂寞？一個選擇離開人群的人，是不是也並非桀驁不馴，而是下了很多勇氣才決定像個游牧者，如此地渴望著上路，並只求出發不求抵達？離了群的我們，會不會在路途中，發現這一生所關注的，都是與自己最無關的事情；這一生所在乎的，也許只存在於剩下的路途裡，或是在遠方那需要緣分，才能夠遇見的另一個群體之中？而用時間去交換的這場跋涉，也許最終能換得一處自己的歸屬，但很多時候，我們不得不懷疑，這個遠方可能只是天空裡的樓閣、沙漠裡的綠洲，除了美好之外，一無所有。而在路上的我們，路程中可能除了孤獨，一無所獲。

所以我是如此需要，需要偶爾合群。我是如此需要和你吃早餐，因為你過的時間是合群的時間，跟你吃早餐，讓我感覺自己不孤單，讓我暫時忘記自己漫步邊際的心事，讓我能暫時放棄我自己，只要跟隨就好。跟你一起早起的每一天，我共享著都市人早晨的匆忙與勞頓，而有時這就是我所需要的一切，當個不起眼的分母，而不是孤單的分子。

每日你叫醒我，我總惺忪且疲倦地下樓，走短短的路來到這間咖啡廳，一推開門驚覺原來大家都在，而我總不合時宜地充滿著感激，因為這樣大家都在的早晨，能讓我暫時忘記自己是誰以及為何出發，而有時這樣的自我放棄是如此充滿救贖。沒有存在感地過日子，雖虛無卻舒服，而有存在感地生活，雖踏實卻常是那麼痛苦，有時候我需要這樣換來換去兩邊當當看，以確認自己是不是真的想要繼續過我選擇的那種生活。

你總是不點食物，只喝一杯熱美式，你會爲了我放慢速度地喝，但我知道你其實沒有半刻餘閒，我看得見你身體的每一處都正在被工作召喚。最後一口咖啡後，你會起身，告訴我有事打給你，但你我都明白，我不會這麼做。

你離開後，我會一個人繼續坐在咖啡廳，坐在離峰時間裡，打打字想想事情，直到你在杯子上留下的咖啡印都乾了，我便會搭上一班不擁擠的公車，繼續回到我心中那不斷在懷疑和堅信之中，才能拼湊出來的遠方。

#「普通的上學日」

今日晚起了些，深知自己會遲到，於是放棄追趕時間，不疾不徐地爲自己泡了杯咖啡，把水果從冰箱拿出來切一切，一口一口吃完今日簡單的第一餐，搭上捷運，路途漫漫。每一週我都會從臺北的南邊到北邊，搭著淡水信義線，一路往北，離開了盆地，往山上去上學。在搭乘的路上，我總渴望有位置坐，好讓能我使用零碎的時間，卻常常未能如願。我通常把圓山站當作一個分界點，因爲圓山站是整條線往北的方向中，看得見天空的第一站。在那之前，於地下鐵路的黑暗之中，我汲汲營營地尋找位置，在那之後，我便會索性隨緣，把自己丟給窗外的視野。車景眞是一件奇妙的事情，它是如此地不起眼，容易錯過，然而當你一注意到它時，它又起眼得讓人目不轉睛。

今天沒找到位置，列車即將行進圓山站，整條列車就像一條鯨魚般，從深海底浮出水面看見了天空，成爲了一隻平飛的鷹。我看著窗外不斷經過的車景，腦中開始隨機地拼湊出沒有盡頭的待辦。一篇稿還沒寫，房間沒打掃，好像忘記帶傘，一堆書永遠都看不完。就這樣，思緒飄到我追不回來之處，焦慮是我的日常，但我從未習慣。

到了教室，今天是同學的課堂報告，我聽著同時也沒在聽，我的大腦彷彿進入了古墓，裡頭的東西出不來，外頭的東西也進不去。這樣的情況最近常上演，好景不常，壞景時常。到了下午，煩躁感持續佔領著我，頭腦仍又昏又脹。我感覺這些煩躁不太單純，若是頭腦能想明白的事，怎麼會到現在還摸不著頭緒，估計是心的事不小心誤判成頭腦的事，才會讓此刻的我如此難耐。當很多事沒做完，而又思念著一個人的時候，這樣的情況是如此地危險，而我總極力避免，因爲只有這樣的此刻，心與腦都不屬於自己。而我估計是想他了，思念滿溢，卻無處盛裝或宣洩。

我開始寫日記，製作下個月的月曆，腦中因爲太多接下來要面對的事而感到焦慮。活在未來裡會感到無助，因爲我無法抵達未來去幫助此刻什麼都不能做的自己；活在思念裡會感到無力，因爲我無法在這樣的好天氣告訴我喜歡的人，今天要不要一起過，不要浪費了這個陽光。想到我明天要交一篇稿，卻覺得自己已經用盡這一生所有才華。

下課後，我匆匆回家，一路往南，在圓山站後，世界再度回到地底下，那漆黑黯淡的眞實生活。我聽著安溥的專訪，想聽她說點話，在行駛的車廂中，我聽著耳機裡的她說：「有時候你對於想做的事情不確定時，好好把它講出來，你就知道自己準備好了沒。講出來之後，你會發現，你也許還沒準備好，而也許你只是想好好想它而已。知道心中有美夢，也比你硬是把某個看似是夢想的東西做出來，來得更令人安心。」

「我這個月要看完所有的書，我今天要寫完一篇稿，我想跟他在一起。」我反覆念著這些看似是願望的句子，而驚訝地發現這些是不是都只是一個個，我今天想做的美夢而已？

這些念頭陪伴著我回家，卻沒有拯救我。晚上我爲自己煮了飯，主動打給了他，和他說說話。我們交流日常，互道想念，即便這份想念總無從確認，卻又眞實存在於我們之間。原來，我只是需要聽他說話，我那無以名狀被且我粗暴地歸類爲焦躁的東西，就能輕易地被擱置了。心定了，什麼都穩了。掛上電話，我感到鎮定終於拜訪，我在心裡默念著對他的感激，謝謝你，你實在不是我這輩子最適切的人，但此刻你眞的是我的藥。

晚上我竟順利地，完成了那篇我以爲我寫不出的文章，我幾近寫完，並對自己感到滿意。我洗淨身體開始靜坐，我很明確地在自己的意識裡，看見自己的右後背是一個荒廢的黑暗的廢墟，裡頭竟是外婆家，而在更裡頭，有著照顧著外婆的母親，和小時候被要求表演才藝的自己。這些訊息等待我整理，其實每天都是如此，但能有時間好好記錄這一切的一天，絕對是幸福的一天。除了滿滿的感激，還是感激。

ALL
ARTIST
DON'T
GIVE UP

輯二

臺北自救回憶錄

「深夜檯燈」

最近我常常在夜裡起身，坐到書桌前與自己密密麻麻的文字待在一起。每次睡不著我就會感到氣餒，因爲在所有可以失去的東西裡，我最討厭失去睡眠。我想每個在黑暗中打開檯燈的人都是懷抱心事的人，如同此刻的我，只想躲回日記裡將自己的感覺一瀉千里。

我感覺自己的生命又輪轉了一個週期，回到比較傷心的狀態，每日的我細數著自己的失落、列舉著靈魂的錯亂、忙著處理心臟內核的一團感覺、重複數到三卻無法向前開始。大多時候，我退回到人類最原始的情緒，讓恐懼和欲望掌管自己，而它們又如迷人的搶匪，總是能連哄帶騙地，奪走我的一切。

然而我是個非常積極的悲觀主義者，所以總是會既堅決又哀傷地，找到繼續生活下去的動力。我想我已經某定程度上接受，人只要活著終究都會害怕，而不管我長到多大，終究需要面對自己的個性和生活歷練，還扛不起某些經歷的時刻，並接受我體內一直豢養著某種放肆的殺傷力，它會在我日漸老朽的生活裡，重複找上我，直到我真正允許某些事物在我心中死去。

至今我仍在塗塗改改自己的使用說明書，常常覺得自己是世界的瑕疵品，既不好操作又難以理解，但偶爾仍會被自己精密的設計震懾，驚訝造物主贈予我這些微小和複雜的情緒到底有什麼用途。讓我必須努力接受自己平凡的同時，卻又不想放棄相信自己的特別，努力喜歡自己的同時又更加討厭自己。努力地在這樣的凌晨，睡不著覺，只爲了頓悟出一句：啊，原來在「好好把自己當一回事」和「別太把自己當一回事」之間，就是我漫長且複雜的人生。

「房間」

二十二歲到二十四歲，我在重慶北路巷弄裡的一間公寓五樓住了兩年。那裡是我在臺北的第一間租屋處，也是我第一間眞正擁有的房間。剛畢業的那個夏天，我獲得了第一份正職，離開新竹開始工作，並住進了這間重慶北的房間裡。新生活看似如約而至，但這裡距離我的十八歲其實只有一班客運的距離，住在交流道旁，給了我離開這座城市的充分理由，因此入住的第一年，我總在往返新竹與臺北的客運上，感覺自己不眞正屬於臺北。

現在回想起來，出社會的前兩年過得很跌

宕，彷彿靈魂得了氣喘，日子總是呼吸不過來。每每回想那段時光，我都想不起是誰眞正接住了我，但現在想想，大概是我的房間。

若要說重慶北的那間小房間教會了我什麼，大概是它讓我明白人這一生，最困難卻也最值得守護的，是屬於自己一個人不被打擾的時間。在二十二歲之前，我的房間權限一直不只屬於自己，直到入住這裡，我才明白上鎖房門是一種奢侈，而眞正的富有，原來是擁有自己的空間與時間。

吳爾芙曾說女人若要創作，就要擁有自己的房間和穩定的經濟來源。在入住重慶北的兩年裡，我感覺自己具備了身爲一個創作女性的所有基礎條件。我的房間如同一個沒有形狀的容器，承載著我這兩年的三態變化。它時而像花瓶，裝滿我綻放的思想；時而像酒杯，裝滿了我的眼淚；時而像氣球，充斥著我的怒氣；但更多時候它就像是一個子宮，讓我回到自己初始的狀態，既與世隔絕又讓我感到冥冥之中，我與什麼是相連的。

每天下班回到家，我都會在巷口裡抬頭看看那五樓的窗戶，感到它眞的好小好小，小到只是萬家燈火的其中一盞；卻又覺得它好大好大，大到如靠窗位置的班機，只要我在那裡頭望出去，就能俯瞰世界，抵達他方。

即便我一無所有，赤條條地作爲一個生命，也有一個地方永遠允許我的存在，若人世間眞有所謂無條件的愛，我想就是這份感覺。住在這個房間後，一直以來在我體內的不安、失落、匱乏，忽然間都安靜了。我的房間永遠允許我，以任何形式存在，即便出了房門，這世界的雜音不會善待我，但只要在房間裡，我的世界就是安靜的。

對於這三坪大的空間，我還有太多想說，卻沒法在當面和它說。二十四歲那年的夏天，我搬離了這間重慶北的套房，當時正值三級警戒，沒能好好與這間房間道別成了我的遺憾。但後來想想，匆匆地來、匆匆地走，也許才是人生的常態，於是選擇在這裡絮絮叨叨地用文字懷念它，是我能想像得到最雋永的，與它告別的方法。

即便我已搬離那裡，我仍然感覺自己的生命自此長出了一條隱形的臍帶，一直與它繫著。每當我感覺無法繼續愛我自己或是愛他人，我就會問問自己：「我的房間會怎麼做？」而得到的答案，永遠都是無限的包容、承載、陪伴與愛。

若要說重慶北的那間小房間教會了我什麼，大概是它讓我明白人這一生，最困難卻也最值得守護的，是屬於自己一個人不被打擾的時間。

「俄羅斯方塊」

上週我們見面了，一起吃了熱炒，開了一瓶18天。他請我吃了一頓飯，桌上都是我喜愛吃的東西。他看起來憔悴了些，頭髮長了些，臉上的紋路一樣細緻深邃，笑起來還是讓人想掉進去，我說話的時候一樣瞪大著眼傾聽。我們細數著彼此多久沒見，並分享在這些日子裡，來不及更新給對方的片段。我們拿捏著關心彼此的適當距離，卻絕口不提：那接下來該怎麼辦。

吃完飯後他主動摟我的腰和摸我的頭，也主動牽起我的手。他又讓我再一次地投降了，帶著些微的酒意，走路微晃，他攙扶著我同時把我摟在懷裡，我在他胳膊裡想著差點都忘了，我曾想把這裡票選爲全世界最喜歡的地方。

走在馬路上，他突然一把正面抱著我，把我往他的懷裡更深處送。他高我整整一顆頭，下巴可以剛好頂住我的頭頂，我直立立地站在那，一動也不動，震驚著他的主動也感受著我耳朵旁，那些他鮮少說出口，但卻能悄悄聽見的心跳與愛意。我整個人剛好地落在他下巴以下與身體所創造出來的空間，我們如完美的俄羅斯方塊，合併成一個長方形，也接受著隨時可能被消除的命運。

有時他會突然張開手，手掌朝上貼近我，我也自然而然地讓我的手指鑽進他的指縫間，我們的手指便會如十隻海豚躍出海面再回到海洋般，交織在一起。眼前是我生活的城市，轉頭是他的肩膀，抬頭是他的下頷和凝視前方的眼神。這樣的美好，要不屬於電影，要不只屬於夢境。

一路遛著夜色，我們往前走，不知道要走去什麼地方，不知道要走去什麼地方。

「一些小回憶」

沒寫東西的這幾個月裡，狀態起起伏伏。覺得自己很像一枝快沒水的筆，想說的話還沒說完，墨水已經沒了。記事本像收容所，裡頭躺滿這三個月裡片段、錯落和後繼無力的文字，我像遺棄孩子的母親，還沒有能力扶養這些想法成長，所以將它們散落在我的生活裡。

就這樣，臺北從永無止境的午後雷陣雨時節，來到了史上最炎熱的夏天，我還是什麼都寫不出來，或是說我寫得出來，但寫不完整。如果我的才華只能裝滿半瓶水，過去的我會覺得這瓶子半滿，現在只覺得它半空。我看到三毛說：「寫，是重要；而有時擱筆不寫，是更重要。」一感到被安慰的那刻，我馬上又板起嚴厲的面孔告誡自己，開什麼玩笑她是三毛，她擱筆不寫叫養精蓄銳，我擱筆不寫叫胸無點墨。

我知道我身上存在著許多我還不知道怎麼提取的東西，這個感覺實在是既沮喪又折磨。臺北就是一根華麗又細緻的針，它用這些小小的折磨跟沮喪，在我身上扎出許多細小的傷口，而我還能甘之如飴地認爲，這是生命裡最盛大的一場刺青。我覺得許多在臺北生活的人，都是自娛自樂的專家，我們的腦袋裡總有一萬種讓自己快樂起來的方法。「苦哈哈」這個詞一定是在煩悶的都市裡發明出來的，生活都那麼苦了還能哈哈笑出來的，只能是我們這些有口袋有理想的青年了吧。

我發現不知不覺間，我也在自己的臺北生存手冊裡，列了幾條自救錦囊。在那些被全世界最糟糕的感覺拜訪時，那些我覺得被整個宇宙遺忘的時刻，我就會突然想起一些很小的回憶，而這些回憶好似是我的身體自動幫我攜帶著，在我最需要時緊急拿出來給我敷的藥，好讓我可以度過無數個在城市裡的夜晚。

其中一個，就是幾年前我與爸爸在車上的回憶。那天是個普通的假日，還沒有疫情，爸爸開著車，我在前座，妹妹在後座，我們要去吃火鍋。那年我剛滿二十不久，正在經歷自己最早期的存在危機，於是隨口問了白手起家的爸爸，想聽他分享一些前輩的生涯觀點。

「爸爸，你覺得你人生中最大的成就是什麼啊？就是那種你一想起來就覺得人生充滿意義的事。」我坐在副駕駛座，等待著一場演說，卻沒聽到任何回答。接下來發生的事，轉瞬即逝，卻成爲了我人生中少數的魔幻時刻，在日後被我用慢動作無限回放好幾次。

爸爸把雙手從方向盤移開，右手往後座，左手往前座，指著我跟妹妹一秒後，雙手再度回到方向盤上，繼續開著車，一句話都沒說。

車上突然一片寂靜，我卻覺得震耳欲聾，整個車裝滿爸爸從來沒說出口的在意，以及不擅回應愛的我與妹妹，既竊喜又害臊的情緒。車子繼續向前駛，我們也很有默契地一言不發，共享著這成分複雜的沉默，而那天成爲了我生命中非常重要的一天。

這份回憶後來回頭提醒我最多的是，原來這世界上有一個人他愛我，不是因爲我做的任何事，不是因爲我是否漂亮、是否足夠努力、是否獨當一面、是否寫得好、說得好、做得好。在所有我被其他人愛的原因裡，沒有一個是他愛我的理由。他愛我僅僅只是因爲我存在，我只是簡單地存在在這個世界上，簡單地存在在他從沒換過的手機桌布裡，他就愛我了，在我急著證明我是誰之前，他就已經愛我了。

而光想到這件事，我又能擠出一絲信心，回到自己的生活。因爲在每個我感到被全世界遺忘的時刻，我便會想起有個人每天打開手機都會看到我，所以至少每一天，我都還是會被想起來一次；至少每一天，我僅僅只是因爲存在，就會被好好看見一次。而我也會想起，那雙指著我的手，告訴我：妳，妳已經是我生命裡最有意義的事。

這份小小的回憶在這個炎熱難耐、才思枯槁的夏天，又再救了我一次。因爲我知道每一個我沒完成的文段，每一個又被遺棄的想法，每一個我用生產力來定義自己的夜晚，都無法成爲他不愛我，或更愛我的理由。我不會因爲寫出來而被多愛一點，更不會因爲寫不出來而被少愛一點，我突然覺得好安全。

當我想到這裡，我又提起筆開始寫，然後就一路寫到了這裡。這份回憶，讓寫不出東西的我，又開始寫下去了。我興奮地好想回到小時候，在爸爸下班回家時奔向他、告訴他：「爸爸，你看我寫好多，我寫出來了！」而我已經可以看見，他會用那從以前到現在始終沒變的眼神看著我，一樣一言不發，卻透露著：我不在乎，因爲我已經愛妳了，我已經愛妳了。

在每個我感到被全世界遺忘的時刻，我便會想起有個人每天打開手機都會看到我，所以至少每一天，我都還是會被想起來一次。

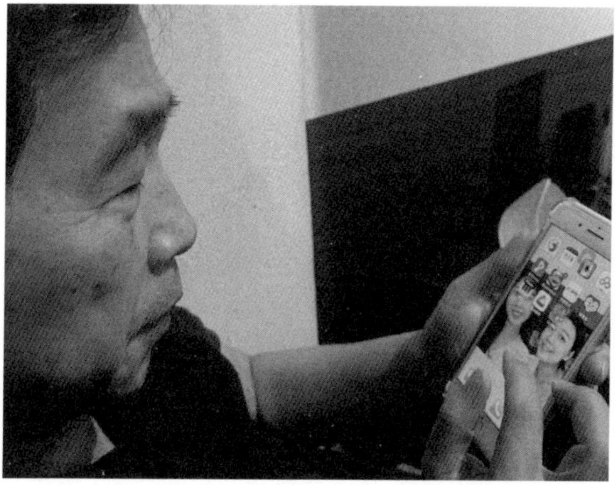

輯三

女字旁絮語

「走出去」

「妳，妳幫我倒酒。」

我抬起頭，看著眼前這個獐頭鼠目、醉氣逼人的中年男子，眼神充滿血絲地看著我。「我嗎？你是在叫我幫你倒酒嗎？」我內心慌亂地噴出這些問句，但話到嘴邊卻沒有辦法轉化成鏗鏘有力的語言。

「妳不會倒酒嗎？」

他又說話了，這次語調上揚語氣更強勢。他的眼神充滿貪婪、掌控的暴力，如同想對我下蠱，成全他想凌駕於我之上的欲望。我差點就拿起酒瓶了，差點就屈服於這個命令式的問句，我很害怕，但是我體內的女性主義者卻大喊：「不行，絕對不行，這是一個非常典型的掌權男子壓迫女性的文本，快拿出你所有學過的性別知識來對付這個情況。」

「我不會。」我回應他，同時也回應我體內的女性主義者。我的聲音在發抖，但我確定我是堅定的。平常口若懸河的我，在這樣的此刻只說得出這三個字。我不敢正眼看他，假裝吃了一口飯，但從餘光感受得出來他生氣了，他不能接受一個反抗他的女性，又或是一個不聽話的女性在他的世界根本不該存在。

「妳沒學過倒酒啊？」他大聲詢問。

我開始感覺自己在憋，我在憋哭，在憋著不屈服於他。他是我最厭惡的自負老直男，我必須讓他知道我不怕他，他沒有辦法控制我。但我同時也知道，他成功了，他成功讓我感到害怕，讓我覺得好不安全，讓我覺得屈服於他是正解。

「我沒學過。」這次我多說了一個字，我強裝鎮定，我的胃在翻攪，喉嚨灼燒，我的眼球後方是大海嘯，但它們都被我強壓在底下。

「那妳手癢了嗎？」我搖搖頭，努力不讓自己潰堤，但我可以感受到我的眼眶已經漸漸染成紅色。

「沒有手癢還不給我倒酒？」他開始以叫囂的音量在對我說話了。旁邊的女性好友起身了，她說她來倒。

我感到痛苦，我怎麼會因爲自己的不屈服，讓其他女性來當替死鬼？我不是用我的身分在對抗這名男子，我是用女性這個身分在對抗掌權男性的壓迫。所以，我怎麼可以讓其他女性來服膺於這個暴力，只爲了讓我從這場壓迫中逃離？

「我要她倒，你他媽敢給我倒妳試試看。」

我明白了，他的目標是我。一個會爲他倒酒的女生他已見怪不怪，他想要馴服我，他享受自己的權力讓一個女性從不聽話到聽話的過程，而他那暴戾之氣透露著他無往不利，他不會善罷甘休。這場對抗似乎只有兩個結局，我倒酒，或是他失控。

「你他媽算什麼咖洨？妳信不信我想上妳就可以上？」

他在警告我，警告他現在只是強迫我倒酒而已，而他可以強迫我做更多事，不要挑戰他的底線。我的腦袋已經空白了，眼神開始飄向除了他以外的方向，腦袋與心已經被恐懼所侵佔，我想像著他會將此刻的怒氣轉化成任何我所無法承受的暴力，想像他會在餐廳外的巷弄找上我，想像自己從此回家都要害怕地頻繁回頭。

我不知道該怎麼做，我同時不想屈服但又快把持不住了。我開始懷疑自己不幫他倒酒的堅持，是否將成爲一輩子做過最錯誤的決定。我究竟是爲了女性在抵抗，還是爲了我的自尊，而這兩者是不是其實眞的沒有那麼重要？腦中快速閃過這些念頭，但我的身體還是僵持不動，我的眼睛不停地飄向餐桌上的其他人，我並不想向他們求救，但我好需要一個眼神告訴我：絕對，不要，幫他，倒酒。

接下來發生的事既混亂且蒙太奇，一名與他同年紀的中年男子出來勸阻，我可以聽見他開始用臺語叫罵羞辱女性的字眼，但出來勸阻的男子似乎與他勢均力敵，他們用流利的臺語互相對峙，最後他回到自己的位置，但仍可以聽見他回頭對我叫罵著。勸阻的男子拍拍我說：沒事，他醉了。

沒錯，這場鬧劇的結局，我沒有解救自己，我被另一個有權力的男子解救了。

當我確定他已離開我的餘光，當我確定我已經安全時，我的眼淚已爬滿臉頰。我的雙眼如排放廢水般、嘔吐般地大量排出淚水，彷彿它們已憋了一整個晚上，再也無法讓這些髒汙待在體內。我很久沒有這樣止不住地哭泣，很久沒有感受到體內有千百種複雜的情緒同時出現，並在我來得及處理它們之前都已全數化爲淚水。我用很多身分在哭泣，我當眾受汙辱的自尊在哭泣，我不夠保護他人的朋友身分在哭泣，我體內的女性主義者在哭泣。

即便多麼知曉父權結構的運作，在生活中時刻地保有性別意識，然而當我面對這樣的壓迫時，我就是什麼都沒辦法做。我感到巨大的性別共業壓著我，我就是一個在結構裡的人，從來沒有出來過。知識無法解救我，知識無法解救女性，我爲這件事淚流不止。

我想起自己窩在舒適的房間，閱讀性別知識點頭如搗蒜、憤慨不平的時光。當我看到電視上一群衣冠楚楚、無法懷孕的男性在決定墮胎是否合法；當我聽到朋友入職首日被男主管當眾詢問「需要我給妳外型上的意見嗎？」，我憤怒、我能言善道地用我學到的知識去拆解和分析、我義正嚴詞同仇敵愾，倡議著要反擊要對抗、要反擊要對抗。

然而，這些自信及憤怒，卻一點都沒在這場酒局派上用場。

出了我的知識象牙塔，我才知道眞正的壓迫長什麼樣，我才明白爲何女性不反抗，才終於體會到女性修剪、稀釋自己的習慣，是如何在一句句的言語與互動裡，在一場場權力結構早已定型的聚會裡，在自身無數次的「算了吧，沒關係」的內心獨白裡被養成，並讓全體女性都漸漸地在成長過程中，學會嫻熟展演一個微笑傾聽、虛心受教、落落大方的面向。

我爲自己如兩腳書櫥感到痛心，想到自己不過是在掉書袋，這巨大的結構哪是我讀了幾本書就能參透與想像。我在餐桌上持續哭泣，痛定思痛地決定修正我身爲女性主義者的道路，若我不出門，永遠不知天下事，讀萬卷書還必須行萬里路。

而我要走出去，我要走出去。

因爲，女性主義終究不是在那些厚厚的書裡，它在下班後的酒局裡、辦公室的茶水間裡、餐廳的角落裡、一來一往的對話裡、精心打扮的盛會裡、補妝的廁所裡、半夜回家的巷子裡，還有好多好多女性在關上房門後，不明所以無法解釋的淚水裡。

所以我要走出去，我要走出去。

「全世界最難過的人」

前陣子媽媽去整理了她長大的房子，帶了許多舊時代的東西回家，那天早上她跟我分享了她的集郵本，那是從國中開始她一張張搜集來的。這是我第一次知道原來我的媽媽有一件兒時興趣，因爲從我有印象以來，她最大的興趣就是她的女兒，我幾乎沒見過她特別留時間給自己去做過哪些事。

除了集郵本之外，還有一張媽媽二十五歲的照片，她說是跟朋友去屏東玩時拍的。這是我第一次知道我的媽媽會跟朋友出去玩，因爲從我有印象以來她好像沒跟朋友出去玩過。「但我想把這個丟了。」她說。「幹嘛丟啊？」「因爲這個已經不是我了。」二十五歲的我看著二十五歲的媽媽，照片裡的她穿著白色洋裝，露出剛矯正完的牙齒，瞇著眼笑。

晚上回到家時，我又看見媽媽在跟爸爸講電話時哭了。我似乎已經很習慣我的媽媽隨時會哭泣，很習慣在我生活的背景裡，有個人一直在生氣。習慣只要回家，整個家就被情緒擠得水泄不通。我才發現自己爲什麼很少回家，因爲當我離開這個家，我知道我有機會可以當全世界最難過的人，但只要一回家，我便知道，全世界最難過的人只能是我的媽媽。

郵票已被通訊軟體取代，那個二十五歲的女孩也已經被某個稱作母親的身分取代。我想我的媽媽以前也必定是有喜有悲的人，只是她並沒有隨著這個時代，繼續快樂下去。歲月是濾網，快樂小到會被過濾，悲傷卻大得會被保留下來。我的媽媽如同漂在海中間，她的孩子不讓她沉下去，可她對生命的盼望也沒讓她浮上來。

「如果妳不是這照片裡的人，那妳是誰啊？」我問。

媽媽沒回答，我能感覺她的自我同時強烈得具有吞噬性，卻也模糊得看不清。她也許不是故意不回答，而是回憶如山，重得讓她抬不起頭時，她剩下的生命同樣無法讓她搆著任何一個像樣的答案。如果世界上眞有時光機，她一定會回到那個還在寫信的年代，然後在還來得及之前，告訴自己，不要被抓去結婚。

而我想如果這世界上眞的有來生，我不願在媽媽結婚後才遇見她，我想要當她的朋友，做那個支持她集郵寫信的人，做那個爲她拍下照片的人。我會陪她去打碎和練習，去打造和培養自己手工的生命，而不是匆匆地跳入任何標準化的生產線裡。我會告訴她，妳不需要做一個美觀整齊的包裹，妳也不需要心不在焉地屬於任何地方。

我會陪她去找，找到那個能眞正供給她養分和平安的地方，我會陪她去等，等到她甘願將自己的整顆心奉獻給整個過程，並發自內心地告訴她：「妳的子宮不一定要裝過一個我，才能使妳完整。」

我會告訴她，妳不需要做一個美觀整齊的包裹，妳也不需要心不在焉地屬於任何地方。

「準滿月」

九月的中秋連假，我去了一趟新店，在碧潭的附近晃了幾圈。在這依山傍水的地方，我從樹梢裡看見尚未成圓的月亮，當時距離滿月還有三天，我便駐足欣賞了幾分鐘。相比於太陽的艷，我一直都更喜歡月亮的暈，太陽的強勢是無法直視的，然而月亮的內斂是能夠觀賞的，因此人們賞月卻遮陽。而在許多我喜歡月亮的原因之中，我想最大的一個是因爲月相每日都不同，她更貼近人性，有盈有虧，有滿有空，也因此我特別珍惜每一次的抬頭，因爲今晚的所見，將等一個月後才有機會再次看見。

開始賞月後，以月爲單位的事，讓我深深著迷，除了天空裡的月，還包含我體內的血。每隔一段時間，我的身體就會流血，這個自我十三歲便在我身體裡的時間，第一次讓我感覺我擁有了一個全新的世界。我曾在佛學裡讀到關於世界的解釋，佛學說所謂的世，代表時間，而界，代表空間，因此所謂的世界，便是我們感知時間與空間的方式。從我初經來的那一年，我的人生自此分成了之前與之後，在我之外的世，遵循時鐘、曆法，然而我體內的世，自此刻起便有著自己的節律；在我之外的界，供給著我生活，然而在我之內的界，自此刻起能孕育生命。我獲得了一種只屬於我的裡應外合，原來這就是從女孩變女人的感覺，走到哪都隨身攜帶著這一身世界。然而這個世界，讓我腳步變慢身體變沉，時而易怒，時而嘴饞，時而不能自己，生活時常得負重前行、表裡不一。我和每個女孩一樣，都和自己的身體有過一段抗爭史，我曾經埋怨和質疑，難道這就是從女孩變女人的感覺，必須隻身一人對抗一整個世界。

依稀仍記得，十歲未到，母親在我耳邊不時警告，千萬不能來月經，月經一來妳就長不高。原來月經是女孩子成長的盡頭，我曾如此深信，當時也無從求證，關於月經的傳說，我只聽聞過母親說過。平安度過了底褲沒有紅色的小學生涯，我是倖存的女孩子，沒有被月經抓走。好景不常，升上國一，十三歲的夏天，一次腹脹尿急，衝到了廁所，完事後才發現自己雙腿間的那塊布，出現了不該出現的顏色。我再也長不高了，這是我的第一個念頭，不敢走出廁所告訴我的母親，我辜負了妳所期待的，女孩子應有的身體。抽了好幾張衛生紙，墊在雙腿中間，一層厚厚的白蓋住了底下的紅，遮著羞夾著腿，我走出門公布了消息。伴隨而來的大驚大怪，以及課後的草藥湯，還有魏如萱的那首〈女人經痛時〉組成了我的青春期。

自此我體內進駐了一個世界，而月經是什麼？這一問卻如空谷回音，只能用漫長的一生等待回應。我只知道我開始能不受傷而流血，而血再也不是恐怖片才能看見的主題。國中讀的是女生班，班上有著來過與沒來過月經的身體，「妳那個來了嗎？」成爲了剛認識彼此時，我們爲彼此做的劃記。沒來過的，聽著來過的女孩談經，一個接一個，直到全班都用過月經來不能下水的藉口，月經終於徹底染紅了一整個女生班，並成爲我們怨恨的所有東西。敵人的敵人就是朋友，女孩子抱怨起月經時，總是心連著心。從未有人告訴我們，如何與體內的這片世界相處，也從未有人提醒我們，我們體內蘊含的巨大能量，恐將吞噬，或是滋養我們漫長的一生，而我們無從決定。

回想我的少女時代，有一半都是在保健室中躺著度過。我的月經跟傳說中的一樣，奪走了我的快樂，每月每月，她所到之處哀鴻遍野，直到她過境，而我劫後餘生。她是瘋的，是不可理喻的，她是混亂與破壞的化身，像避不掉的天災，六神也無主。我的月經給了我疼痛禁錮與毀壞，而人類是否需要被摧毀，人類是否需要疼痛，每每來經時，我總是不斷思索。然而一次次，我總寧願相信疼痛與毀滅是有意義的，也不願相信女性天生就是被選中的祭品。

一直到我遇見了止痛藥，讓我放棄這些思考。我讚嘆著科技與醫療的進步，歡迎它們介入我的身體，我喜愛它們能輕易操弄我的疼痛。若疼痛眞有意義，若孟子說的苦其心志，勞其筋骨眞是爲了大任降臨，那我寧可一生做個泛泛之民。止痛藥讓我擁有一段忙碌、充實燦爛的大學四年，我把月經封印在體內，她沒有任何機會出來摧毀我眼前現成、活生生的年輕生命。但我其實深知疼痛從未消失，每月流血之際，我都可以感到吃下止痛藥之前，她一次次地比上個月有更多話想說，而除了將她噤聲之外，我別無所求。沒有流血的時候，我也不免困惑，難道這就是我想與身體共度的一生？但是作爲一個女性，我難道還有其他選擇？

仰賴止痛藥的日子，一年年過去，一直記得那個被拯救的下午，我在悶熱的老房間裡，讀著陳綺貞的散文集，驚見了那句讓我再也回不去的短語：「痛是一種最可靠的保護，痛讓你的傷害，僅止於此。」我這才翻箱倒櫃地把那老舊的問題找了出來，再次地正眼看看它。關於疼痛的意義，第一次以不同的姿態進入了我的心靈，原來人類需要疼痛，因爲痛是一種提醒，讓人有機會在危機裡暫停。疼痛，讓我們在遇見沸水、重擊和傷痛時，能夠放手和脫離；疼痛，擋在我們和更巨大的傷害之間，讓我們的傷僅止於此。而若我的子宮會痛，是不是代表她終其一生都透過每月一次的時間，盡她最大的力氣，對我輸出她最深的保護與提醒？那吃了止痛藥的我，是不是就如同沒在沸水中抽開的手，我是否爲了拒絕疼痛，而讓所有的傷都繼續？

那個月開始，我再也沒吃過止痛藥。每月每月，我和所有的痛待在一起，接受她們的清洗，承受著她們的提醒。我開始閱讀跟月經和陰性能量相關的書籍，嘗試翻譯這些提醒，讀懂她想跟我說的話。那年我二十三歲，來經十年，然而我總在後來回憶起，把那一年稱爲我的月經元年，因爲那一年我才眞正走入我體內的這片世界，與她初次見面，並相見恨晚。我試圖拆解女性對月經的怨恨，而我對自己身體的恨意，成爲了我的嚮導，讓我朝更深的地方走去。最後我終於在陰性與陽性能量的解釋裡，明白了那份恨，並與它對坐互望。

陰陽是東方的古老哲學，是易經的基礎，古老的東方智慧認爲陰陽是萬事萬物的前提。我最早見到陰陽是在兒時，在那巷弄間的中醫與武術館，總會看見的那張太極圖裡。從未想過這張圖竟會不斷在日後我對月經的詮釋裡出現，也從未想過當我凝視這張圖裡的黑與白，竟能在多年後對自己產生如此巨大的意義。陽與陰，就如同太陽與影子的關係，向日爲陽，背日爲陰。向日的陽性能量，到了今日所代表的就是一切人們喜愛的光明面向，和那些有著太陽特質的東西；而背日的陰性能量，代表的便是人們更加黑暗且不易看見的陰影面向，以及有著月亮特質的東西。

「當你背對太陽時，你只會看見自己的影子；當你轉身迎向陽光，陰影便永遠在你的背後。」這句紀伯倫的老話流傳至今，鼓勵了世世代代，而這句話也多少夾帶著人對光明的嚮往和對陰影的屏棄。我開始去辨認生活裡的各項大小事、念頭和價值觀裡的陰陽屬性，這才發現這世界許多被推崇的主流價值，大多以陽性價值爲基礎，如同永遠綻放光明、正向積極充滿生產力、從升起至降落都耀眼奪目的太陽。相比於較爲黯淡，且滿盈是少數，而盈虧是日常的月亮，人們更希望自己永遠像太陽一樣完美，而非像月亮一樣，時而殘缺，時而正常。

然而女性自十三歲來經後的身體，使我們體內自此進駐了一輪月亮，我們無法每日都充滿生產力地升起，樣態也每日不同。從這次流血到下次流血，我們的身體經歷著排卵與內膜增生脫落，這些過程就如同月相一樣，是一次從虧至盈，再從盈至虧的循環。而女性對自己身體的厭惡，是一種走投無路的逼不得已。因爲當社會傾向以生產力來定義人的價值，當一週七天卻只有兩天屬於休息，當女性流血之日至少三天，卻常常只有一日生理假可以請，那我們這些成群帶著一身世界又流著血的女性，要怎麼不吞個止痛藥繼續擴充生產力；要如何在遇到重要場合時，卻因社會沒有爲女性這天然機制所增設的緩頰或配套措施，只能別無所選擇地求醫延經；要怎麼不覺得自己的身體是一份累贅，感覺自己隻身一人對抗世界？

陽性能量代表穩定與秩序，然而陰性能量卻代表混亂與不堪。在文明興起的城市裡生活，時常會有能主宰一切的錯覺，當生活能夠被數據與科技化，日子將能完美地在掌控之中，然而我們終將遇見那些無法控制的事，和許多意料之外的際遇。因生命本無常，如同每個女孩子第一次來經時總是突然，我們從無法控制或預測，那兩腿之間的紅究竟何時到來。月經是所有女孩子生命裡的意外，也是所有的麻煩混亂與不堪，而學習跟月經相處，正是學習跟無常相處，學習跟生命裡的不完美相處。

於是，爲了理解我體內的這一輪明月，我開始重新學習賞月。

賞月這件事，從小一到中秋，我總是跟著整條巷弄一起練習抬頭。賞月顧名思義應該是欣賞月亮，然而在我們的文化裡，我們其實只欣賞滿月，似乎只有每個月的農曆十五日，月亮才有機會獲得比較多的目光。什麼事物值得被觀賞，什麼事物是美的，我們在每年中秋抬起頭的那刻，冥冥之中一起做出了回答。人們對完美的偏愛，使我們時常拒絕完整，因爲完整包含了正負、黑白、盈虧與陰陽，可人們偏愛走上高峰，勝過待在低谷；偏愛生產，勝過休息；偏愛強，勝過弱；偏愛快樂，勝過悲傷；偏愛穩定，勝過混亂；偏愛滿月，勝過缺一角的月亮。然而圓滿通常不是常態，時而左缺一塊，右缺一角，偶爾走上高峰成就完美的一生，也許才是完整卻眞實的人生。

我十分相信人的狀態是輪轉的，如同月亮一樣，我們都擁有自己的初一跟十五。而通常我們對待不同日子的自己從不平等，我們總是希望圓滿的時間更長久，而有缺口的日子快快度過。然而，也許陽性能量追求的是完美，但陰性能量追求的卻是完整，若只追求完美，便永遠不會完整。如果人的眼光，能夠平均分布給其他日子的月亮，那也許我們便能生活在一個眼光殺不死人的地方，活在一個人類願意追求完整，而非執著於完美的地方。一旦我們願意朝完整走去，低谷與傷痛是否都將成爲過程，而每個月需要痛與休息一次的女孩們，是否也會更加願意接納這些循環，以完成自己的完整？

很久以後，我都仍然記得我讀懂這些訊息的那天，記得我開始放棄完美走向完整的那一刻，我的生命再也不同。我的痛突然不再難以忍受，而我對自己也漸漸變得寬容。我開始舉辦讀書會，分享我所看見的，體內的那一整片陰性世界，陪伴跟我一樣有著第二份時間在體內的女孩子們，認識這份差異，並練習讓這份差異成爲生命的導航，而非隨意地唾棄踐踏。這些女孩們曾帶著對身體的滿腔怨恨來到我面前，最後帶著一份接納與理解回到生命中。一旦不只是將月經視爲麻煩與災難，而是自身完整的一部分，在我們體內的這份時間，便能夠成爲一個不可多得的朋友，指引著一切事物的內在時機。女性創造有時，休息有時，動與靜也皆有時，我們將不再只透過疼痛來收發訊息，而是能直接與她聯繫。

這一切聽起來既不實際又神奇，然而我就這樣發現了神奇，再也沒回頭。許多女孩帶著子宮來見我後，月經神奇地不痛了；流血時間不規律的，也神奇地規律了。這份體內的週期，陪伴這些女孩們順利完成工作，寫完論文，達成進度，而這一切都只是因爲完整這樣的概念，第一次被眞正地接受了。如同當我們接受了死亡，也許便能好好地活，而當我們接受了自己每個月需要完整地死去，體內那源源不絕的生命力，也自此而生。

滿月只有一天，不圓滿的日子才是常態。若我們能同時欣賞月亮的盈與虧、滿與缺，在初一、初七、初十五都抬頭看看，我們是否也能欣賞與尊重自己的輪轉？女孩們是否也能欣賞自己體內的這片世界，能夠明白此刻的自己流著血，雖不完美，但好完整，從未如此完整，從未。

我抬起頭，持續看著樹梢間那有著缺口的月亮，我明白再過幾天，成群的人會烤著肉一起抬頭，或是評點或是許願。然而此刻的我，選擇在今天虔誠地閉上眼許了願，我相信尚未圓滿的她，一定比誰都懂，我如此不完美卻平凡的願望。而這樣的她，也許比起滿月，更有機會幫我實現，我只是想好好過完這一生，這如此簡單卻完整的夢想。

然而圓滿通常不是常態，時而左缺一塊，右缺一角，偶爾走上高峰成就完美的一生，也許才是完整卻真實的人生。

這是我的子宮，沒有寶寶。

有一天我突然想，女性除了生病跟生小孩，好像不曾照過超音波。我想看一個沒有裝寶寶且健康的子宮，於是走進了婦產科，替子宮照了一張沙龍照。

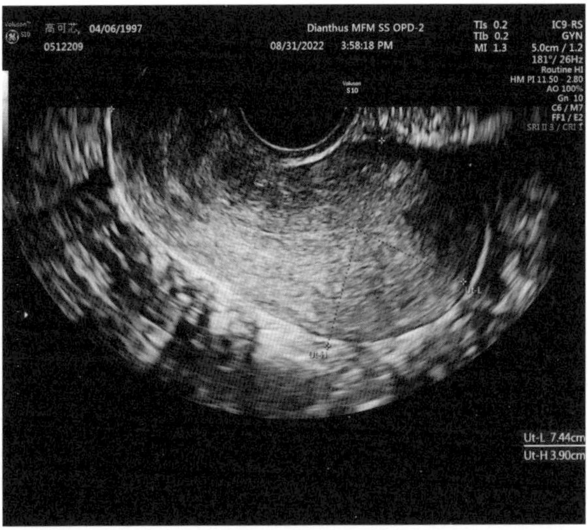
高可芯, 04/06/1997
0512209
Dianthus MFM SS OPD-2
08/31/2022 3:58:18 PM
TIs 0.2
TIb 0.2
MI 1.3
IC9-RS
GYN
5.0cm / 1.2
181°/ 26Hz
Routine HI
HM PI 11.50 - 2.80
AO 100%
Gn 10
C6 / M7
FF1 / E2
S10
Ut-L 7.44cm
Ut-H 3.90cm

輯四

已經或尚未

「憋哭」

我就是那種多愁善感，千頭萬緒均顯於外的女孩子，我時常想我是最適合被外星人抓去研究的對象。喜傷心、思傷脾、憂傷肺、恐傷腎，我想我都能做出最好的示範。黃帝內經說萬病情緒起，因此平靜是最好的藥，然而我這一生大概還需要跟我的心脾肺腎說好幾次對不起。我的情緒常不請自來，而我從不是好客的民宿主人，不主動留它們下來過夜，然而它們大多擅闖民宅，住在這些器官裡。這種時候我就會寫些東西，把它們請出我的身體。因此我大多時候逃避寫作，因爲寫，通常是不得不的選擇。

而我突然想寫下這些事情的下午，也是一場意外。我突如其來地被一個我很喜歡的男孩，宣告一場屬於我們關係的判決日。與其說是判決，我覺得更貼近一場退換貨的客服現場，我知道我的試用期到了。他想告訴我這幾個月的試用心得，他喜歡的部分，不喜歡的部分，以及續約和換方案的後續。這場對話，又讓我的內心再次進駐了一窪沼澤。那沼澤裡躺著無數次我對於愛與被愛的思考。我總渴望著愛又時常感到自己不值得，我不斷投入卻害怕我是否已錯過最愛我的人。這樣的時刻，我又在那一窪沼澤的膠著裡，再次坐了下來。

先退貨的人就贏了，但如果真的哭了就輸了。蜂擁而至的情緒入侵著我，然而此刻我最不需要的就是它們，我閉上眼潛進眼眶深處，把每一處可能流出水的水龍頭都上了鎖。我想起了張亦絢曾寫過的一段話：「只要一有我倆沒有明天這樣的想法，愛就會變得非常簡單。因爲既然不長久，許多事變得不需要計較，一切的一切都將變得可以包容。」我張開眼看看他，我就是輸在，我太想跟他擁有明天了，所以就連可能是我們關係的最後一日，我都無法簡單地愛他最後一次。

那日我在他家過夜，雙人床中間隔著一片海，他在岸上而我在海面下。我憋著我眼後所有的水，感到我已經被淹沒。我好怕我睡著了，隔天起床會後悔沒抱他最後一下，於是我拚命地游上岸，蜷縮進他的臂彎裡，想像這是最後一次在這個港口裡休息。「沒有這麼悲傷。」他在我耳邊說。是啊你又贏了，先難過的人就輸了，就輸了。

我一直憋到隔天搭捷運回到家，覺得自己搖搖欲墜，恍恍惚惚。上一次這樣慼哭已是青春期的事，只有當我覺得眞正危險的時候，才會把淚水慼著。我總不以眼淚爲恥，因爲笑容可以造假，然而眼淚卻是人能給的最純淨的東西了。出生時，眼淚是我們投遞給生命最眞誠的回應，哭是生命的跡象，然而成年後能讓我們掉淚的人和事，已是少之又少。所以在愛人面前，我從不讓自尊擋住淚水，因爲若你能讓我哭，你便喚醒了我最初的母語，讓我確信我活著。因此這一刻慼哭的我，是一種幾近死亡的狀態，如同在野外遇到猛獸要裝死一般，我遇見了一個不能讓我放心彰顯生命跡象的人，於是我慼著哭，渴望生命再次降臨，而這對我來說是眞正意義的受傷。

我被退貨了，我知道我有好的地方，但終究瑜不掩瑕。我的瑕之所以是瑕，跟我的瑜本質上分不開，他那麼喜歡的我，跟他那麼不喜歡的我，是一起長出來的，同生且同滅，因此我的瑜有多大，瑕就有多深，接下來要愛我的人，也許只會承擔更大的風險。對於我開始讓自尊介入自己的感情，以波瀾不驚地迴避心中的海嘯，我一方面是開心的，原來理性地愛一個人，可以這麼無堅不摧。但另一方面忽然我也悲傷了起來，愛不愛本來就是心的事，不知何時開始卻變成頭腦的事了，而過去總沒頭沒腦愛人的我，又去了哪呢？

我想起了德蕾莎修女曾說過的一段話：「願神將我的心完全地破碎，好讓這整個世界能湧入我的心中。」童年的我是如此不明白，碎掉的東西究竟如何容納。然而把眼淚都憋住的我，可以感到整顆心密不透風，從裡到外沒有一處出口。我突然感覺到這樣不允許破碎的心，比起強壯，更像是囚禁。也許碎過的心，注定脆弱和疼痛，然而唯有破碎，才能產生隙縫，而唯有隙縫，一顆心才能有出入口。

我趴在書桌上，眼窩枕著手臂，感到裡頭蠢蠢欲動，海浪陣陣拍打。過了好久好久，我抬頭，看見陽光灑進窗臺，下午了。終於，我把書桌趴成了一根浮木。倚在浮木上，伴著漸漸西下的太陽，我打開電腦，開始沒命地寫。一直寫一直寫，直到滴答滴答，眼淚滴在我的手臂上，嘩啦嘩啦，直到它們如滂沱大雨在我耳邊轟轟作響。

直到整個房間已是一片汪洋，而我仍在我的浮木上。

「夢境」

新年的第一晚，我夢見你了。在夢裡的時空正是此刻，我隻身前往，你身邊有伴。在夢裡我忘記了我對你的所有怨恨，看見你一如邋遢且對世界有意見，滿口零碎的幽默和你志得意滿的人生格言。

你一把抱住我，夾帶著濃濃的友誼與懷念，我們是很久不見，住在遠房，卻在心上猶如惡鄰的家人與愛侶。我在你的擁抱裡，召喚出很久以前，久未使用的，對你的心意。我忽然想起，你這樣自我且率直的個性，我以前真心愛過，但日子滾滾，後來發生的種種，讓我把這些給忘了。

在夢裡我們聊天，我們單純地聊天。聊著自己，同時傾聽彼此，這樣的我們我幾年沒見過了，我忽然想起在校園裡相視而笑的我們，在花光對彼此的好奇之前，我們曾經如此愼重地，感謝生命裡有著對方。我想起了那個我和你成爲我們的秋天，那時的我還不會彈吉他，你抱著吉他邀請我加入你口裡正在列隊而出的旋律，而我一直以來東張西望的目光，突然就落到了你身上，並有了方向。我們攪和、湊合，笑笑唱唱，夜晚的校園，沁涼的風，還尚未開封的三觀。我們年輕，而路燈那麼少，使我看不清你，你亦看不清我。

我們開玩笑，我們唱歌，我們以我們爲單位，認識了一群人，你騎車載著我在城裡繞，吃好吃的，喝好喝的，偶爾怒罵，偶爾嘻笑。冷冽的風同時灌入我們高聲唱歌的口，在後座的我，好幾次都眼眶泛紅，暗自發誓，好幸福，好想哭，絕對不能忘了此刻的我們，絕對不能。

有時候光想起，自己的人生曾收穫過一段校園戀愛，就會在回頭看我們的時候，感到些許慈悲。我曾經是如此渴望在校園裡，自由安全地愛一個人，不管此刻如何，你曾經是和我一起把這場夢做完的人。而當大夢初醒，才發現我已萬劫不復，你將成為我終其一生的無解問題，我根本不可能再愛你，也不可能再不愛你了。

我時常想著我們的興衰，發現盛世不過那麼短，亂世恆常。我想你是如此愛我，才會不能接受我們的不同，想起那些你煞費苦心、口沫橫飛地把你認爲所有的正確，傾倒在我身上的那些日子。你爲什麼就是不懂，不懂這世界根本沒有所謂的眞理，只有個人眼中的眞實，而你爲什麼非要治療我的灰色地帶，你爲什麼不願意相信我眼中的，和你眼中的，永遠不會相同，然而這一點都不妨礙我們相愛。

有好長一段時間，我幾乎不能回想那些在我們身上發生的事，那些你對我說的話，於我而言是眞正的暴力。我其實是拒絕接受的，我永遠無法承認這麼好的我們，會歷經暴力。那些回憶如同咒印，平日相安無事，卻總是一觸即發。我是如此渴望，你對我而言只是一道傷口，至少傷能養，能照料，但很後來我才明白，兩人相愛一場，若最後只剩下傷口，那其實是奢求。大多的後來，可能都像我一樣，把你生成了一場病，你在我之內，在我看不見的地方，成爲我一生的頑疾。

你也許是發生在我身上最糟糕的事，我曾經眞的如此深信，然而我同時也明白，即便回到我們還相伴的那段時間，也沒有任何人或事能阻止我去經驗你；我覺得我這輩子，也不會再跟誰有那麼深的牽扯。我不是不明白，當一個人選擇去愛，便也將承擔起恨的風險，我只是沒想過，我愛過你一陣子，這風險卻緊隨了我一生。

從沒想過會再見到你，所以在夢裡看見你的那刻，我感謝你的擁抱，我感謝再次相見，我們能以無言開場。我有很多話想對你說，但我其實知道，我們並不需要對方的語言，因爲若我們對彼此的語言曾經奏效，此刻也無須在這裡相見。我在夢裡跟你分享我的生活，你什麼都沒說，只是聽。而你的聆聽鼓勵了我，繼續說。

我滔滔不絕，我甚至忘記自己是恨你的。原來我在你身上渴望的，不過是一份聆聽。我從不需要你的道歉，我只是渴望有那麼一次，你能眞正聽見我，並單純地接受我就是我。面對我說的話、我相信的事、我受的傷和生的氣，你能有一次不急著否認，不急著要我再重新想想，不急著把一切邏輯與正確放在我之前；能有一次讓我知道，即便你不認同我，但你全然地接受我的話語傷口和信念，跟你的同等重要，只因這樣的我，你曾深深愛過。

我把和你分開後發生的事說了又說，直到你拍了拍我，告訴我你得走了。再一次地，我的目光落在你總昂然自若的身影裡，直到再也看不清你。下一刻我醒來，心臟是快的，喉嚨是乾的，彷彿我好久沒有說這麼久的話。這一刻，我才明白人爲何需要夢境，因爲現實生活中，總有太多遺憾需要補償。而生命中總有那麼一些人，除了夢裡，已經沒有其他更適合相約的地方。

醒來後，生活照舊，我不常想到你，但通常想到你時，都不太平靜。我對你的近況不好奇，我排斥與你相關的任何消息。我心裡雖明白，我們的名字被放在一起，已是很久以前的事，但至今我都仍在習慣，不管我去到哪，你的名字將以某種形式跟隨我一生的日子該怎麼繼續。

我是如此渴望再次見到你，在夢裡，把想說的話繼續說下去。而我想你永遠不會認同，這些話，爲什麼不留在我們還相伴的時光裡。然而，那些我沒辦法親口對你說的、沒辦法親自對你發的怒和流的淚，請原諒我，我也許只能獨自在剩下的夢裡，才有辦法和你聊起，那些我後來才知道該生的氣、該釋放的眼淚，以及過了很久才知道，那些真正想對你說的話，究竟是什麼。

我們一起認識的那群人，後來都還是一直在一起，這個學校保佑著好多人持續相愛。而每每看著他們，我是如此開心又傷心，他們完成了我們曾經的願望，我總是深深祝福他們的感情，連我們曾經的份一起。

在你對我說的所有傷人言語裡，我仍然記得你曾對我說：「我明白此刻的妳，是全心全意愛著我，我會記得這些的，如果以後沒有的話。」若你還記得，若那樣的我仍被你記得，我願深深祈求，那個少女時代的我，能一直在你最深的記憶中，因爲我此生，也許再也無法積攢出那麼多如此奮不顧身，且全然無邪的愛意。所以若那個她還能活著，除了你的心中，我想她無處可去。

深深的話，我還學不會淺淺地說，所以剩下的隻字片語，我會在每日閉上眼後，嘗試繼續。願我們都能在各自的夢境裡，完成對彼此未竟的所有事情，而我期待終有一日，我們再次相顧，能夠無語；再次相識，能夠微笑；最終相望，再無瞋恨，只剩最淡的憂傷和最薄的守望。而終有一日，當我們再次醒來，能深深地明白，那我們一直所希冀的相安和無事，總會到來，終將到來。

「字體」

她是我最好的朋友，曾經的。

第一次看見她，那年我十三歲，國一新生訓練的第一天。我和幾十個國中女生一同擠在穿堂，排隊看著自己的分班名單，而我在茫茫人海中看到一個有兔寶寶牙齒、深邃雙眼皮的女孩，烏黑及肩短髮明顯是因爲學校的髮禁規定在開學前剪的，臉上的雀斑使她看起來像是介於小動物或是小精靈之間的物種。在我看見她的第一眼，我便知道她會是我國中三年最好的朋友。

我的身子一邊往名單方向靠近，眼睛卻離不開她，深怕我一撇開視線將不會再見到她。國中部有五個女生班，我將會有五分之一的機率能跟她同班，當時我的近視還未加深，瞇著眼看見自己的名字出現在12班的名單上。一得知自己的班級後，我帶著緊張興奮的心穿越人流，走到她的身邊，想賭一把自己的五分之一。

「嗨！」我露出微笑，努力做出美好的第一印象，這似乎是我第一次搭訕別人。

她轉頭看著我，我第一次與她對眼，發現她的雙眼是如漫畫般的水汪汪狗狗眼睛，而她的雀斑既不是深咖啡或黑色，而是很高級的淡褐色。

「嗨！」她似乎好奇著我是誰，卻沒有詢問，也遞給我一份初次見面的熱情洋溢。

「妳是幾班的呀？」毫無遮掩地，我直接問出我最想問的問題。

「12班！」

『！！！』三個驚嘆號，在我的內心如煙火般綻放。

「我也是欸！！！」而我也如實地將它們呈現在我的語氣中。

「哇眞的喔！」我們開心地笑了出來，這是我們第一次相視而笑。

「那我們一起走去教室吧？」

誰也不知道，當時我們正走向未來三年孕育友誼的培養皿，而我們在路上與對方交換的名字，將以某種形式相伴彼此一生。

十幾歲尚未成年的我們，扎實穩當地編織了一段少女情誼。生命難得有個階段，除了父母，終於有了可以更緊密碰撞與投射的對象。我們陪伴彼此經歷許多的第一次，第一次與男生徹夜講電話、第一次化妝、第一次喜歡與被喜歡，我們打造著自己的雛形，爲這些新鮮的第一次感到狂喜。我們對受傷的概念理解得淺，也不知道在接下來的幾年，這些第一次，可能會是人生一連串心碎事件中，那傳說中的起點。

在升學主義至上的學校讀書，生活裡儘管滿是學業，也阻止不了我們對世界的好奇。在那各方面都尚未塵埃落定的年紀，我們在眾多選擇裡摸索著自己的風格、喜歡的顏色、理想的類型、新買的鞋裙衣、寫什麼樣的字體。她是我無話不談的好友，同時也是我的假想敵，與她分享一切的同時，我也暗自與她較著勁。我羨慕著她，既想成爲她，又渴望與眾不同。

而字體，是在那沒有社群軟體的年代，最能彰顯獨特性的個性簽名。喜好與品味都能模仿，唯獨字體不行。我是什麼人，就只寫得出什麼樣的字，因此我總欽羨字寫得好看的人。從小我就認爲，一個人的字，就是他靈魂的形狀，每當我一拿起筆，便能感覺靈魂從心臟到筆尖，慢慢地流洩出來，散步和透氣。

因此十幾歲的我著迷於練字，總是希望自己是字寫得好看的人，彷彿把自己的字無限模仿至我喜歡的樣子，我就能眞正喜歡我自己。所以每次下課，我就會去借她的筆記看。她的字，就如她本人一樣賞心悅目，可愛鮮明。她大多以圓弧線構成一筆一劃，非常飽滿，她會給逗號完整的一格，並且是一個深色飽滿的圓形往下勾；她的每個字都一樣大，控制得宜；字距、行距間隔也很舒服，充滿呼吸感。反觀我的字體，清瘦，細長，由左上到右下地歪斜著，筆觸大多起筆有神後繼無力，無法一氣呵成。我的逗號擠在字與字之間，被我吝嗇地對待。明明有大把的空間可以寫字，我卻彷彿看不見，硬是把自己限縮在擁擠的窒息氛圍。我的每個字感覺都來自一個貧困的家庭，都是飢渴缺愛的孩子；而她的字充滿餘裕，陽光燦爛衣食無缺。我們是如此不同，我早該從這一行行字裡看出來了，但那時的我羨慕著她，想複製著她；那時的我沒有自己，只想著，若我能變成她，若我能變成她。

我們來自不同的家庭，她的父母開放、自由、溫暖且大方，而我的父母嚴厲、保守，習慣獨來獨往。我的母親限制我的飲食、穿著、電子產品與外出時間，而當我發現她擁有所有我失去的東西時，我瞠目無語。我喜歡去她家，去感受一些我自小就沒有的生活，我發現這是我跟她最大的不同，我習慣委屈、協商、哀求，以去兌換我想得到的東西，然而當她提出要求，這些嚮往都會優雅地前來。在她的世界裡，她大多時候無往不利，而在我的世界裡，我大多無所適從。就這樣，我們寫著不同字體，喜歡著不同的男生，穿著不同的顏色，卻意外地成爲了十幾歲最緊密的依靠。在國中三年，我們忙著認識彼此，沒有空認識自己，忙著消化對方帶給自己的，沒有空思考自己帶給自己的。在意識上，我們簽訂了合約，要當彼此最好的朋友，卻跟不上意識成長與變化的速度，在毀約與履約之間，經歷了我們的十幾歲至二十幾歲。

國中畢業，我們讀了不同的高中。她去了新的地方，遇見了新的人，擁有一段橘黃色的青春期；我留在原本的學校，成爲了灰藍色的憂鬱少女，看著熟悉的課桌椅與校園，體內卻沒有任何一絲稱作青春和新鮮的東西。我在國中時被診斷出的脊椎側彎，在高中時加劇，我名副其實地活成了我的字體，骨幹清瘦歪斜，線條後繼無力。我如向外生長的藤蔓，根還留在這所校園，但所有的莖葉都無限向外，拚命地去纏繞過去我所擁有的、那些已不在這所校園的朋友們。

當時我便發現她已經不是我認識的她了。她留長了頭髮，兔寶寶牙因爲拆了牙套而消失，取而代之的是一口白皙整齊，叱吒少年少女的笑容。當她微笑時，雀斑會在鼓起的臉頰上舒張，雙眼皮會綿密地拉長，與她水汪汪的眼眸，形成兩座深邃的湖泊。這樣美好的她，不理解我爲何不快樂，我們的相處方式發生改變，我們一方面在自己的生活探詢著更多可能，一方面也不想鬆開這份連結。我們開始吵架，吵著沒頭沒尾的架，這些架激烈且尖銳。她生氣時習慣表達，而我生氣時習慣不說話；她對我說著失控的氣話，而這些話槍林彈雨打在我身上。我們的友誼成爲她的人質，我總是得用道歉去贖回，我時常感到被委屈拜訪，然而當時我在意她的快樂，更勝過我自己的，因此我的傷心總是後知後覺。

然而至今我仍深深記得，在升上大學的那年暑假，有一次她突然跟我說，她對我感到很抱歉，她想親自告訴我，那些她過去從未說出口的抱歉。我甚至還沒聽完，就已經說了沒關係，我深深明白這句道歉，從動念到說出，需要她放下多少的自己，而這對她而言是如此不易。那一年我們各自成了年，離開家鄉去讀大學，她的一句道歉，抵銷了那些所有在我心裡的委屈。而那天對我來說，是我們之間全新的一天，因爲那是我第一次感覺我與她並肩，而非誰追著誰。

上了大學，我們都往北漂，她去了我們一直嚮往的臺北，而我漂了一半停在新竹。我們讀著完全不同的東西，甚少見面，各自談了戀愛，保持訊息聊天。她剪掉了長髮，留長了瀏海，開始騎著車到處晃，還是一樣地鮮明大膽，稜角繽紛。她持續地變化，而因為距離遠，所以我總能持續帶著愛，旁觀她的種種。畢了業，我來到臺北，她向我提出了住在一起的邀請，而我不假思索。再次變得緊密雖也讓我有些害怕，但是何妨，不管如何我都想要有過一段成年後與她再次相伴的時光。認識的第十年，我們又繞了一圈，回到我們十幾歲時的形影不離。然而這一圈一繞，卻沒有帶我們回到起點。

我們再次變得好近，對彼此一目暸然，嘗試摸索一種新的秩序和禮貌，卻不算成功。這段成年後的再次緊密只維持了兩年，而在這段時間裡，我也漸漸地找到了過去相處時，那些不快樂的線頭，原來一條條都通往一張纏繞打結的綿密的網。我曾以爲過去的，都沒有眞正過去；我們的不同，在這過近的距離中，一覽無遺。而這交纏、錯亂的過去，究竟該如何解，我一無所知。

我這才發現，那些高中時代的問題，再次重演至今。高中時她不理解我的傷心，現在的她不理解我的快樂。那時的我剛結束一段感情，工作上有些小小的起色，我爲生活的改變感到開心，然而我們的情緒似乎總不在一塊，唯獨憤怒時我們是相連的。當我的生活有苦難，她總是同仇敵愾、義憤塡膺，然而當我的生活有開心，她總會懷疑我的愉快，驗證我的福祉。我想也許她只是不習慣，過去那個字體清瘦細長、有氣無力的我，有一天能這樣開心，又或是在她心裡的那個我，版本還停留在過去。其實我不是不明白，人們戀舊，對恆常不變的事物感到著迷，因此拒絕更新亦是人們共享的惰性。我們心中總是有最喜愛的舊版本，以及曾拒絕更新的任性抵抗，或是一覺醒來被強制更新的惱怒莫名。更新需要時間，並且伴隨風險，新的版本可能不如以往，也可能再也無法被我們熟悉。更新需要下定決心，也需要勇氣。

持續不更新的我們，衝撞抵抗不斷，每一次的交集，都需要比前一次更謹慎地處理如何不被彼此的後座力弄傷。後來發生的細節雖已淡忘，惆悵卻一直在心裡。住在一起的第二年，我們搬出了這個家，搬家的那天，心中大不快樂，我們彼此誤解、劍拔弩張。其實我心中有感謝，雖然這兩年不快樂，但傷心時刻她的陪伴我從來沒忘，但那天起，再無機會表達。有一刻她在門內，而我在門外，她將門反鎖，我在門外不斷嘶吼直至痛哭。我看著緊閉的門，想著在門裡的她，我感覺，我正式地失去了一個曾經溫暖的老世界。那一刻，已經無盡遙遠的我們，又更遠了，而那天對我來說，也是全新的一天，是我們關係的末日。

就這樣，匆匆地搬離了那個家，而曾經親手編織的這份十年，眼淚與歡笑、愛憎與得失所織出的那張綿密的網，上頭的無數個死結，已經再也沒有解不解得開的問題。我想起了斷機教子的孟母，斷了機就什麼都沒了，怎能不傷心。我們究竟何以走至今天，想起十幾歲的初遇，我們曾驚嘆緣分的到來，卻阻止不了它的離開，回憶如海，深得望不見底。終於我們也成爲了井水與河水，各自走向彼此剩下的日子，而那邊的她，和這邊的我，是我們此生看不到的結局。都說割捨割捨，但割與捨卻是兩件事，割只是一瞬間，捨可能需要花一輩子努力。

我們不再見面，不再吃飯，不再訊息。後來有幾次，我們仍在共同朋友的飯局裡相遇，但我們的聲音都很冷，而且很清醒。當我們看著彼此，誰都不明白對方的思緒所止處，她的眼眸仍然深邃，而原本我看得見的清澈，已經再也看不清。

分開的最初，聽到她的消息仍會動氣，我們的事情在朋友圈留下餘波，因此一直到看不見最後一處漣漪，我才發現，我正在漸漸把這個人忘記。而寫下這些的此刻，已經是很後來的事情。現在的我，偶爾會想起她，好奇她的近況，也開始會徘徊到她的社群檔案，佇足凝望。她的笑容仍舊是我熟悉的，然而身邊換了群人，是我此生沒有機會認識的；但我其實打從心底開心，因爲至少這些人能讓她的笑容延續。當我一有這樣的念頭，才發現原來人生裡，有些遺憾是可以接受的，有些分開最後亦能成爲祝福。

我希望她快樂，因爲這是我們分開所追尋的方向，而或許最好的朋友這個王冠，曾經榮耀過我們，但我和她卻承不了其重。我明白我們的緣分已盡，若還能偶爾地相遇，那便已十分足夠。若眞能再次相見，我想我也無話可說，只因我們曾經彼此誤會，但我們深知，那不乏是一段美好的時光。

我們最後一次的交集，恐怕只在他人的談論裡。然而現在每當我提起筆，看見自己的字體，思緒仍會回到好多年前，那個練字互看筆記的課堂裡，那個不需要署名只看筆跡便能知道是誰的紙條裡。而那些字體一個個都能連到一張張在我少女時代裡，最重要的面孔。也因此，我也許永遠無法把她忘記，因爲當你認得了一個人的字，你其實也認識到了歲月帶不走的，屬於一個人最純粹的一部分。那是眞跡，那是靈光，記住了就再也無法忘記。到了現在，我的字雖多了一份隨性的平靜和潦草，但仍然清瘦細長，和過去的我一樣。儘管我無機會再次看見她的字，但我眞切希望，它們仍然飽滿自在，充滿餘裕，且快樂燦爛。我眞切地希望，我還能是我，而她也還能是她，我們能夠繼續寫著自己本來的字，並有人喜愛，並有人觀賞。

祝
妳一定不
忘記我
OH MY GOD

當你認得了一個人的字，你其實也認識到了歲月帶不走的，屬於一個人最純粹的一部分。

「顏色」

在很多難過的時刻，我會想起E。

E是我的誰，至今我說不明白，但我可以說很多很多他給我的感覺。他像小時候每次長途旅行去南部過年時，我只要摸著就能安然入睡的毛毯；他像很冷很冷的冬日裡，我那麼剛好，便坐在整個教室裡唯一照得到陽光的，那幸運的角落；他像一座我永遠淹不死，永遠可以漂浮而上，永遠不需學會游泳，也能安全穩當接住我的，死海。

當我盯著「愛」這個字的時候，E的臉會

慢慢浮現。我花了前半生學會分辨什麼不是愛，但E毫不遮掩地，來到我的面前，像一座瀏覽不完的博物館，向我展示什麼是愛。他暖呼呼、沁涼涼地，排山倒海且悠遠綿長地，愛我。我深深地在他的愛裡，被還原成，我從不認識的，還沒有傷口的樣子。

我本以爲，這就是我尋覓許久，如神獸如秘境如傳說般的，那種著落。可當他用那種一次性的，如樂透如魔藥般，能治癒一切的愛，愛著我的時候，我竟發現那會毀掉我。我被他徹底地毀掉，在他的愛裡被重組，我光著身子，看見自己再也不彎腰背駝，乾淨健康如我夢寐以求的追求。我再也無法從我的傷口辨認身體部位，那些我曾被殖民過的歷史，都被他的愛轉型成，我一直以來希冀的正義。

每日每日，我感覺自己這一生所有的不幸，不過就爲了兌換這一刻，能待在他沉穩的一呼一吸裡。我就這樣，比我預期的更早抵達了我一直在追求的終點，一個有著世上所有平靜與幸福的地方，一個我能使用這生所學過最美的詞彙，去形容的他方。在這件事發生以前，我本以爲我這漫長的一生，將會如同靠窗的莒光號列車，雖以緩慢的速度前進著，卻會因窗外的高山綠和大海藍而竊喜，也會因深不見底的山洞黑而恐慌。我知道我眞正到站前，會一路上搜集著好多好多的顏色。

而本該搭著火車緩慢前進的，卻不小心搭上了高鐵提早抵達。看著眼前一片風和日麗的繽紛奪目，手上顏色不多的我，無從辨認這片美景。我如同從未見過紅橙黃綠藍靛紫的孩子，此刻看著眼前的彩虹，不明白這些顏色齊聚的意義。在這裡生活時，我的腦是空的，心是虛的，當他用他的愛贈予我黃藍紅，我能回應他的卻只有黑白灰。

「那總是接住人，淹不死人的死海，裡頭太多的營養與鹽分會過於刺激眼鼻，因此人只能面朝上舒服地漂著，卻不被允許面朝下地游泳。」後來我在這美好卻不屬於我的地方，聽到這個故事時，我想像著我在這片仙境度過餘生的樣子。我看見自己舒適地被呵護，不會游泳，養分無虞，身上再也沒有傷，生活充滿著陌生的七彩。然而當我閉上眼，腦中總是不斷浮現，我在寬闊無邊的海域游著，危險卻自由，努力換著氣，琳瑯滿目的顏色錯落海上，而我慢慢搜集的模樣。提早到的我，終究是一種不準時，而我活在巨大的時差裡，想著那些我沒見過的顏色，並做出了我的選擇。

很久很久以後的今天，我還是會想起，自己抵達這裡的那天是一個晴朗的晚冬，外頭下著雪而我凍著身子，提著過重的行李，抬頭看見了E。他伸手接過了其中一袋行李，牽起了我空出的手，用他厚實溫熱的掌，讓我知道我將再也不會冷。

而我離開的那天，是寒冷的初春，外頭的冷意與大地的生機齊鳴。我從E的手中接過他一直以來幫我提著的行李，感覺所有的重量都再次回到了身上。我一遍遍地看著E，他什麼都沒做，只是一遍遍地愛著我。我深深地抱緊他，直到莒光號的火車緩慢抵達。

我知道，我可能正在與我這生最好的時光，擦肩永隔。但我想我還是得走了，我要去拾回遺失的顏色，我要去經驗我的長途與跋涉。我看著他，眼淚撲簌簌地掉。我是如此地希望，再次相見，我們能做彼此生命中準時的人，但我同時也知道，這只是我們所有結局裡最好的版本，而我們不一定有機會見證。

上了車，我選了靠窗的位置，凝視在月臺上的E，我們相看，直到淚眼。列車出發，而我不斷回頭，緊抓著E的視線。他的視線是純然的白，直穿窗戶映照在我身上時，我才發現，他的視線如同白光經過三稜鏡，在我身上折射出七彩。而我的眼淚止不住，因為此刻在車上的我終於看見了，那些傳說中的顏色。

E的視線，成為了我生命中最重要的鑰匙，上一段旅程若沒有它，我無法抵達，而這一次，若沒有它，我無法出發。這世界上只有他，能好好把我打開，再好好把我關上。

列車啟程，E漸漸消失在我的視野，或生命中。然而我知道，從此刻開始，在我的長途慢車裡，每當又進入漆黑的山洞，我終於會願意望向窗外，好好直視在深不見底的黑之中，那我總是害怕看見的，窗上被映照出來的我自己。我會知道這個我，已是被E深深愛過的我，而這使得一切，再也不同。

親愛的E，我出發了，若有機會再見面，下次我會帶著好多顏色回來給你。

「窗外清風一直吹」

臺語是我最熟悉也最陌生的母語，在我的童年裡，幾乎任何時候，都會有人用臺語說著話，或用臺語唱著歌。然而它卻是一個我永遠都聽不清的背景音，因爲只要面向我，所有的聲音都會切換成中文。四歲不到，我被送進了全美幼兒園，ㄅㄆㄇ都還不會，從此我的世界只剩ABC。

但我聽得懂，我其實聽得懂他們用臺語說，我很會講英文，所以每年都要表演講英文，表演完才有紅包拿。每一年過節總是這樣開始的，一團鏗鏘的臺語互相在飯桌上追逐，夾帶著笑聲。而我的表演開始，一陣靜默，纖細軟弱的英文從我嘴巴裡慢慢飄出；表演結束，排山倒海的臺語再次往我爸媽身上撲，恁查某囝就勢餃*。接下來就聽不懂了，我永遠都追不上這個滑溜溜又意氣風發的語言，聽了幾回，總是跟丟。

我的阿嬤只會講臺語，因此我只能跟她比手語。在我十歲那年她心肌梗塞離開之前，我應該聽懂了一半的她，但她沒聽懂過我。有一次阿嬤從嘉義來臺中住幾天，想帶我去樓下買冰棒，我牙齒敏感不喜歡吃冰棒，但也不知道怎麼說，只好將錯就錯。結帳時，店員說六十五元，阿嬤沒聽懂：「啥，偌濟錢？」「六十五。」「偌濟？」店員馬上明白了：「la̍k tsa̍p gōo。」阿嬤點了點頭，將冰棒塞進我手裡，我咬了一口，那個冰刺

＊ 意思是：「你女兒很厲害耶。」

進了牙齒裡，但我是啞巴吃冰棒，有痛說不出，那痛牙一咬，也過不去。又有一次，長途旅行我坐在阿嬤旁邊，她緊緊地握著我的右手臂，嚷著我的手跟爸爸小時候是一模一樣，我的手在阿嬤的臂彎裡慢慢僵掉，呈現進退兩難。我向爸爸拋出一個求救的眼神，爸爸用中文說：妳可以跟阿嬤說妳想睡覺，然後抽掉呀。我臉一橫地瞪著爸爸，與其給我建議，不如來當翻譯，在這個臺語稱霸的大家族裡，我的聲帶是被閹割的。我假裝翻身要睡覺，默默地抽掉了手，背對阿嬤但眼睛睜得大。如果我會表達，也許不會不小心傷了她。

阿嬤過世的那一天，我沒去學校上學，媽媽請了假，我們全家一大早驅車嘉義。在車上，爸爸第一次沒有放江蕙，我不敢聊天，默默睡著了。下一刻我便置身於一群暗色之中，這個空間跟這裡的人，是暗和重的，是溼和沉的。我當時還太小，在這樣裝滿肅穆與悲傷的場合裡，顯得不合時宜。我看到強悍的三姑姑擦著眼淚，這是我第一次看見她哭，但她的淚水從來流不到下巴，因爲在那之前，她會用力地抹掉。

公祭結束後，我們回家，在高速公路上，車裡充滿疾駛的轟轟聲，以往這種時刻，爸爸就會把音樂轉得更大，跟外頭的聲音較量。然而，此刻整個家族靜默，誰都不說話，車窗開了一小縫，風溜了進來。我從後照鏡看見爸爸與姑姑的眼神，我知道他們的悲傷，來自同個地方，但彼此不能分享。

我突然默默哼起歌：「夢中的情話，啊～是眞亦是假，雖然夢境彼呢短，愛你永遠袂反悔。」

姑姑猛一轉頭：「誰在唱？」車上的大家面面相覷，誰也不知道是不會說臺語的我。我默默看著姑姑，不敢繼續。

我們家是愛唱歌的家族，獨愛江蕙，只要大家齊聚，一首江蕙就像迎賓酒，開飯前一首江蕙是基本禮貌。一首首江蕙在聚會裡杯觥交錯，唱江蕙時，大家是專注的，是醉的。舉家大小沒人不愛江蕙，從阿公阿嬤至姑伯爸媽，麥克風一到嘴邊，誰都能往下接。即便我從不明白歌詞的意思，但牙牙學歌，有好幾首已經是肌肉反應，此刻在車上的我，恐怕是不習慣大家族的安靜，膝跳反射著，就哼了起來。

「夢中叮嚀的話，山盟海誓一句話，望你謹記在心底，我會用眞心來交陪。」姑姑響亮的聲音，從她的鐵肺傳出，蓋過了外頭的轟隆。爸爸忽然把車窗拉上，強灌進來的風夭折在窗口，「感謝妳對我這坦白，乎我有重新出發的機會。」就這樣他們一路對唱，車上少了一雙阿嬤的耳，但我一路聽，沒睡著。

阿嬤離開後，我的英文越來越好，臺語越聽越少，只在爸爸媽媽吵架時才會聽到。我的爸爸媽媽喜愛用臺語吵架，臺語劃分了階級，凡事用臺語講的事，就是大人的事，只會講中文的小孩，就得乖乖在旁邊等。臺語如楚河漢界，阻隔了我與他們，而阿嬤不再回來過年後，少了第三張說著臺語的口來攪和，這場架將是沒完沒了。以前阿嬤總是當著和事佬，爸爸氣到奪門而出，媽媽無語痛哭的時候，我的阿嬤會邊準備著年夜飯，邊用一串串的臺語說著她認爲的道理，而我則是在旁看著這齣沒有字幕的風水世家。我大概懂，也大概不懂，大概懂他們感情不好，也大概不懂爲什麼他們感情會不好。

自從阿公阿嬤離開，我就再也沒過上兒時那種浩浩蕩蕩喜氣洋洋的年，過年就跟平日三餐一樣，只是電視上多了許許多多的紅色。感情好的時候爸媽用中文說話，感情不好的時候爸媽用臺語說話，然而自從阿嬤走了以後，要我回想哪一刻，這個家曾是安靜的，大概又會回到全家聽著江蕙的時候。

江蕙代替了阿嬤成爲一股鎮守於我們家的力量，只要聽著江蕙，這個家就是安靜的。那個大家放下自己，只爲聽一首江蕙的時光，我是如此珍惜。如果可以，我希望江蕙就這樣一直唱下去。至今，我的思緒都仍會回到兒時的住家，那個一遍遍放著江蕙DVD的客廳。

「窗外清風一直吹
心事欲講袂詳細
有時悶悶想歸暝
等無月光入來坐」

沉默不語的爸爸靜靜地聽，我知道江蕙正在治療，他阻塞的心；滿面愁容的媽媽哀怨地聽，我知道江蕙正在釋放，她無從宣洩的氣。這一首〈博杯〉，自我成年離開那個客廳後，旋律早已如刺青般，刺進了我的童年裡。我常想，人爲什麼需要信仰，因爲生命中有些事和境遇是如此地費解，若這世上沒有一個更高的神或力量，能讓我們歸因和相信，自己這一生那些無法解釋的遭遇，原來都是來自我們觸及不到的冥冥之中。若非如此，那生活究竟要怎麼過下去？爲什麼這一生會出生在這個家？爲什麼不相愛的人會在同個屋簷下？這些問題的答案，只能博杯問天地。

江蕙在我高中畢業後封了麥，隨後不久我們也搬離了兒時的住家，到了一個沒有往事的新家，我和妹妹相繼上了大學並離鄉，而爸爸也出國工作。四散在不同城市的我們，不再緊密地相聚，那些曾經因爲太近而產生的嫌隙，也因爲距離，讓縫隙慢慢長成了空間，我們講中文的時間也越來越多了。

隨著待在臺北的時間越來越長，臺語也漸漸地從我的生命退了場，我活在中英文之間，說著自己想說的，聽著自己能理解的。我終於擺脫這個凌駕於我，讓我失語卻又是如此親密的母語。然而我從未想過，臺語作爲我生命裡唯一只進不出的語言，那些長年在我心中進了卻再也走不出的字字句句，竟在我內心搭起一座座堡壘，它們或囚禁，或守護著，我心中對於家的種種嚮往與概念。

有些時候獨自一人的下午，當我感到窗外清風一直吹，我便會感到這些風能眞正吹進這嚴密緊實的堡壘，從那一團團我無法辨認的語言中，讓繾綣交纏的哀與悶，陣陣飄出。我從無法像任何離家多年的遊子一般，一口咬定這就是鄉愁，然而我確信這讓我失語、無法辨認與定義的感覺，就是我的家帶給我的感覺。

窗外的清風仍在吹，我從未想過，自己會有這樣如此虔誠的此刻。我竟閉上眼，在那重重堡壘中，請示出我所認識的每個字，並一遍遍地祈求和祝禱：「窗外清風一直吹，心事欲講袂詳細。」我顫抖著，失語，卻在心中反覆吟唱，用著我這生永遠說不順口的家族語言，默唱著〈博杯〉，一句句傳遞我親密卻不拿手的祝福。這是我這一生將反覆吟唱，卻恐怕終將徒勞的練習；這是我這一生能對四散在各處的家人，所贈予的，最深沉的迴向。

說不順的語言，唱不出口的歌，這樣的此刻，我與我的家，在我無聲的吟唱裡無所遁形。而我總緩慢赤裸地，與這樣複雜的親密相守，直至我唱到最後一句。

「誠心最後博一杯，望天替咱保庇這個家。」

望天，替咱保庇這個家。

窗外清風一直吹
心事欲講袂詳細
有時悶悶想歸暝
等無月光入來坐

輯五

漫長的自習

「湖泊」

最近我開始思考起「溝通」這兩個字，想想這兩個字大約在我成年後，才不斷地出現在生命中。溝通似乎是孩童跟成人的分野，是一個長大了之後才會擁有的能力。我不想跟你吵架我想跟你溝通、我們再溝通一下再努力看看吧、跟客戶溝通過後、跟夥伴溝通過後、跟家人溝通過後、我們決定，再繼續溝通。溝通眞是一個政治正確的字眼，彷彿以溝通爲名的對話，都必定是以善意和解決事情的角度出發。但溝通眞是一件複雜的事，有時候我們說不出眞正想講的，也聽不出對方眞正想表達的，更多時候我們不小心以溝通之名，行了說服之實，最後兩敗俱傷。

我想起自己在《三體》裡，看到來自宇宙的三體人第一次察覺到人類的強大，是發現人類的世界竟有「語言」的時刻。三體人沒有語言，他們使用意識溝通，因此不用語言就能看見彼此的思想。對他們而言，「想」和「說」是完全一樣的事，但在人類世界有時卻是截然不同的事。人類能在腦中經歷千山萬水後，到了嘴邊只剩隻字片語，也能在嘴上口沫橫飛的同時，腦袋裡卻荒煙蔓草。當三體人得知人類能夠口是心非，並且只要一名人類願意，這種表裡不一有機會終其一生時，「我害怕你們。」他們如此回答。

蘇軾曾寫過：「人生識字憂患始。」越長大只是越同意。當人有辦法將自己的想法文字和語言化，並有交換出去的欲望時，憂患隨時都在身旁。若我們終究只會彼此誤解，那溝通究竟是爲了什麼呢？而溝通一詞的發明，最早是否便背負著沉重？我去查了溝通的詞源，發現它最初與語言毫不相干。原來溝通，最早是指水利工程：開了一條水溝，使兩邊的水相通。因此溝通，是讓本來無法相遇的，能夠相遇；本來無法融合的，能夠融合。而來到了現代，若語言和思想如同湍流不息的水，那溝通其實是我們爲自己與他人，主動修築的渠道。我們本而生來井水不犯河水，但願意爲了某些場合、某些人創造一條通道，讓我這邊的東西流向你，而你的也流向我，因此，我們之間就誕生了一座小湖泊，裡頭有我們給彼此的東西。

過去的我總認爲溝通是一種交換的過程，像是簽收包裹一般，我給你、你給我，彼此的想法要成功抵達，簽收完畢才算溝通成功。但現在把溝通和治水相連，我反倒覺得溝通更像是個容納的過程，就如奶茶裡容納了紅茶跟牛奶，綠色裡容納了藍色跟黃色，一座湖泊裡，容納著我的和你的思緒。我們透過溝通，找到一個新的空間容納我們想給彼此的，而非在對方的空間裡，放進一個自己想交換出去的東西。

而當我一這樣想，便開始把每次的溝通都當作一種創造性活動，而非異中求同的行動。我開始會重視我給出去的東西，並同樣珍視對方給的，因爲也許這些就是此刻的他唯一能給的，而他給了我。我也開始期待每次的溝通後，能夠去祝福對方帶著自己的觀點，繼續在這個世界裡生活，並謝謝他願意給我們一次，創造湖泊的機會。這樣一想，共識與否似乎變得不再那麼重要，因爲溝通的本質，在於那份願意創造通道的心意。

回頭想起了那些我曾覺得無法溝通的人，我想也許只是我們修築的水道，承載不了我們如洪水般的想法，因此當這條溝無法通，這座湖泊便無法創造。然而現在想想，我仍然感到這是一件如此美的事情，因爲是你，我願意冒著修繕的風險，也要擋在這裡和你吵，和你說說話，只因爲至少在這個此刻，我願意賭一把，賭我們之間會有座湖，能容納我們的不同。

也許需要透過語言才能連結彼此的人類，在三體人眼中，既沒有效率也不精確，但也正因如此，我反倒覺得人世間的坦承，更加罕見而可貴。因爲當我們能夠欺騙，卻選擇了誠實，這是一種經過取捨後，主動將自己交出去的過程。這份誠實是一種深思過後的甘願，它伴隨代價，也需要努力，比起毫不費力就能互相溝通的三體人，人類需要更多的勇氣。我們不斷地透過語言去傳遞和開放，那本可沉默一生獨守的內心，明知這恐將是一場徒勞，但我們總捨不得放棄，去對抗這天生讓彼此誤解的設計，一遍遍地將自己交出去，只因我們始終盼望，互相理解能夠眞正降臨。

在我的生命中，有那麼幾條年久失修的水道，已經被我放棄或已貼著標籤，禁止通行、落石滾落。偶爾我會經過，看見那些殘水與汙垢，便會想起我曾積極修繕、奮力引水，只爲創造一條穩固的溝，通向那些我所在乎之人的過去。這些人，或仍在或已消失在我的生命中，然而每每想起，我還是會循著記憶的線，來到這些水道邊，想起那些我曾多麼想對他們說的話。想起我們曾是那麼努力，修建這條水道，把自己交給了對方。而我似乎從未好好感激，我們爲彼此付出的勇氣，也從未好好疼惜，我們爲對方交出的自己。

每每走到這些水道邊，我總是默默望著這殘破的景象，想起那一場場讓人想掉淚的溝通。我們不是三體人，我們這一生也許只能不斷互相誤解，也許再也無法頻繁相約、朝朝暮暮。但在我們不再常吃飯、常見面的日子裡，我仍會想著，在水道另一頭的你好嗎？若有朝一日，我們能再相見的話，下一次我們再試試看，約在湖畔邊好嗎？

我反倒覺得人世間的坦承，更加罕見而可貴。因為當我們能夠欺騙，卻選擇了誠實，這是一種經過取捨後，主動將自己交出去的過程。

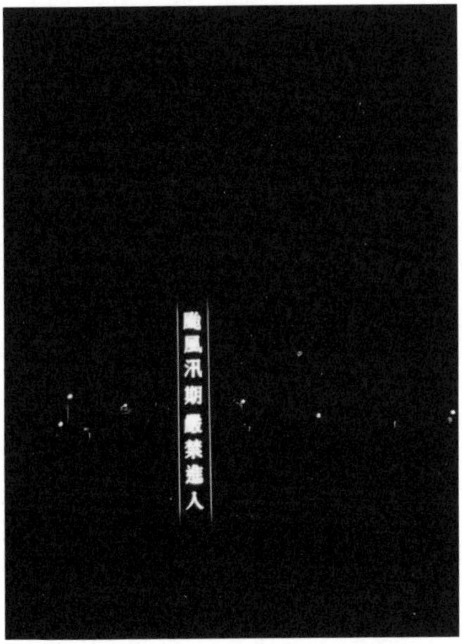

「負重」

上週，我搭捷運從關渡回家，在即將抵達臺北車站時，有位男子把他的飲料打翻了。響亮的水花聲一落地，把周圍的人通通濺開。車廂門一開，那名男子與人潮離去，車廂空了半晌，我看見了那攤液體，人潮湧進，車廂門關上。

每個人都非常有默契地，以那攤液體爲圓心，和它保持一個半徑的距離，均勻地站在圓周上。大部分的人都是臺北車站才上車的新乘客，除了我和少數幾個乘客外，沒有人看見肇事的過程。那攤液體躺在那兒，一串串的視線如蜻蜓般落在它身上，輕點，便隨即離開，回到手機上。

此時有個阿伯從博愛座起身，他也是臺北車站才上車的乘客，我看見他拿著袖珍包衛生紙，走向了那攤液體，一手扶著立柱，雙腿一蹲，開始擦拭那些液體。車廂中，視線不時在他身上此起彼落，直至臺大醫院站抵達，車廂門一開，又一批新的乘客湧入，他們一樣有默契地，以阿伯和液體爲圓心，保持著一個半徑的距離。對他們而言，這應該只是一個老人不小心失手，並在爲自己善後的場景。

車廂門一關，每個人回到自己的乘車體驗，這樣突兀的畫面一點都不打擾人們專注於眼前的螢幕或是耳裡的音樂。我開始感到侷促不安，衛生紙一遍遍從淺轉深，阿伯的手一遍遍地擦，指頭是濕了又乾，乾了又濕。

下一站就要下車的我，腦內不免有我這一生累積的所有公德心，與這一刻只想明哲保身的僥倖，交替出現，輪流發言。

從臺北車站到中正紀念堂，阿伯花了兩站的時間，將捷運的地板還原。下車前，我感覺此刻的自己若沒做點什麼，日後必定會成爲心中，那上不去又下不來，偶爾夜深會突然造訪的懸念。於是我走向他：「阿伯，謝謝你幫忙擦拭地板，眞的非常謝謝你。」阿伯稀鬆平常地說：「沒事，總要有人做！」

我想這世界總有這樣的事，肇事者與清理者不是同一人，圍觀者有些只看了一半，有些看了全程。作爲一個知曉事情全貌的人，我既沒有意願成爲清理者，卻又不甘於自己只是冷眼又袖手的旁觀者。我想生活中的許多煩惱，是不是也都源自於此，在置身事外與事內之間，找不到自己的位置。這種進退兩難，好似是某種現代人共享的掙扎，不想攪進麻煩對不起自己，亦不想無動於衷對不起他人。

然而，我發現在車廂裡，使我坐在位置上，卻使阿伯蹲在地上的原因是同一個，那便是麻煩。是麻煩讓我呆坐，也是麻煩讓他起身，怕麻煩的我，與不怕麻煩的他，在短短兩站的時間，做出了我們的選擇。

麻煩這件事，隨著我長大，漸漸地成爲了一項恐懼。「我這個人怕麻煩」這種話，好像也越來越常聽到了。麻煩不就是能避則避，人人喊打的全民公敵嗎？我們這一生所做的努力，不就是爲了讓自己能擁有順遂、毫無麻煩的人生嗎？所以生活中突然有這麼一位不怕麻煩的人，出現在我眼前，我彷彿遇見了人類中的保育類。面對一件跟自己無關的麻煩，卻選擇走進去，這樣的人也許界線是模糊的，也許常累了自己又吃了虧；但這樣的人，他的內心肯定是更加寬廣的，因爲他對於「我」的概念，一定包含了「我們」，所以才能忘了那些得失，走進麻煩裡。

我想愛這件事本身就是麻煩的，愛一個人是麻煩的，愛一個理想是麻煩的，愛自己的故鄉也是麻煩的，因爲一旦愛了，便耗心又費時，麻煩也會伴隨而來。愛如同混濁不清的水，是複雜的，是難以見底的，可有時候遇到一個人一件事一個地方，你便知道慘了，這攤渾水，你這一生，注定是要蹚一次的。這是一生中很罕見的身不由己，卻是生命中少數能夠不假思索又如此篤定的時刻。唯有這種跟隨是不盲目的，唯有這種當下是即便明白自己再也回不去了，卻想好好珍惜，因爲人生眞的好難得，好難得才能收穫一種無須頻頻回頭眷戀過去，亦無須東張西望擔心未來的此刻。

然而，這種稀有且神奇的引領，好像又比以前更少見了，因爲現代人是越來越怕麻煩了，我們的心力只夠去處理自身遭遇的麻煩，所以我們只夠愛自己。曾經有個人告訴我：「喜歡是輕鬆的，但愛是有負擔的，可是人若沒有負重前行的話，走著走著，也許就會變幽靈了。」進入一段關係，從什麼時候開始變得困難？認眞就輸了，又是從什麼時候變成口頭禪？由理性築起的牆，究竟保護了我們，還是囚禁了我們，我也越來越不明白了。

我想起了小時候我反覆看很多遍的一部小說《我的媽媽是精靈》，故事的主角是個小女孩，她有一天發現了自己的媽媽不是個人類，而是個精靈，於是她問起了媽媽，是如何來到人間與爸爸相遇。媽媽告訴了她：「媽媽那個世界裡的人呀，從來不會生氣，不會高興，不會吵架，也不會愛。因爲我們沒有感情，所以不用說話也沒有語言，我們整天就在天上飛來飛去，我們的心是用最輕的水晶做的，什麼也沒有。所以呢，我們那裡的人，都是爲了找到一種感情才來到了人間，我們覺得人間的感情是膠水，把一個個人，都緊緊地黏合在了一起。起初我們來到人間，都在樹上飄著，看著底下一張張來來往往，若有所思的臉，而我就是這樣愛上妳爸爸的。那時爸爸還是一個大學生，每天放學的時候站在大樹下面等車回家去，爸爸那向上望過來的眼睛，是世界上最黏的東西，於是媽媽的心就變重了，從大樹上落了下來，變成了一個人間的女人。妳要知道！這種從心裡流出來的膠水，是人的世界裡最好的東西，透明的，黏糊的，讓妳的心越來越結實的。妳們這個世界的人把它叫做感情，這是我們的世界沒有的東西，而妳給了我那麼多，還有妳的爸爸。」

這一段我小時候反覆看了又看，長大後卻還是把它給忘了，直到這一刻我才想起了不到十歲的我，看著這個故事時，曾經如此期待自己的心頭能冒出一柱又一柱的膠水。張亦絢曾經寫過一句話：「我有菸，他有酒，我們是堂堂現代人，誰比較有感情，就是誰比較有毛病。」有感情的人也許最麻煩了，心上有著好多的膠水，惹著好多的塵埃。他們常必須捲起袖子上場，腳下踩著渾水讓雙手忙，有時也會疲憊且困惑；而越來越怕麻煩的現代人，生活漸漸無牽掛，在岸上一身輕，手腳白淨一身整潔，常常是冷靜且清醒。小時候我一定是衝上場，把雙手弄髒，跌幾個倒，又哭又笑的那個；但成年後，究竟要當個場外人還是場內人，要置身事內或事外，我眞是越來越不確定了。

在場外久了，有時候也不免想，當局者迷，如果我一直都如此冷靜又清醒，那我是不是不小心成爲了自己人生的旁觀者，而我是否甘心？我是否甘心讓自己輕得像幽靈，虛無平靜，幾近死去；還是我仍然渴望讓自己重得像個人，踏實起伏，但幾近活著？我是否仍期待，當我死前把自己這一生拿去秤一秤時，能秤出幾個我愛過的人，幾件我投入的事，幾道我因爲太在乎而受的傷，以及幾個我因爲太在乎而收穫的幸福？

最近在學校，剛好在閱讀後現代主義哲學家唐娜．哈拉維（Donna Haraway）的《Staying With the Trouble》（《與麻煩待在一起》，暫譯），這本書如其名不斷地在講，人如果不能跟麻煩待在一起，就無法找到許多問題的解答，無法與其他物種聯繫，創造一個更共融共生的生態網絡。與麻煩共處，是她認爲人類未來許多問題的方向。

而我想起了那蹲在地上清理的阿伯，他在清理的不只是打翻的飲料而已，同時也是我們每個人都共享的乘車體驗。與麻煩共處的他，把他的愛給了這座城市，以及在這車廂裡的每一個人。而下了車的我，秤了秤自己的腳步，感謝這位阿伯，我想今後我還是隨手拎著一些麻煩，負著一些活著的重，繼續前行好了。

想到這裡，心頭好像又突然擠出了一點黏糊糊的什麼。

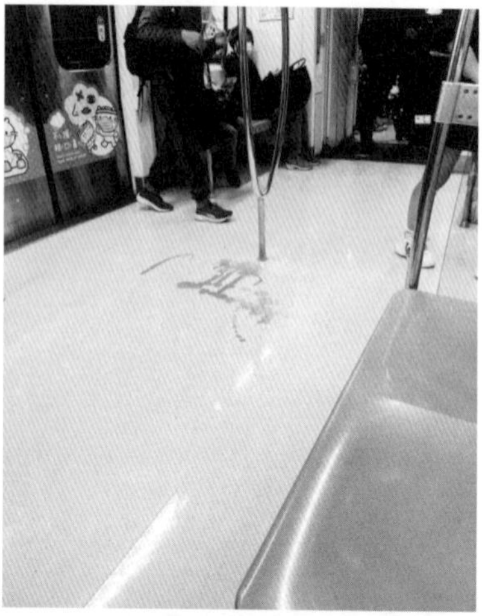

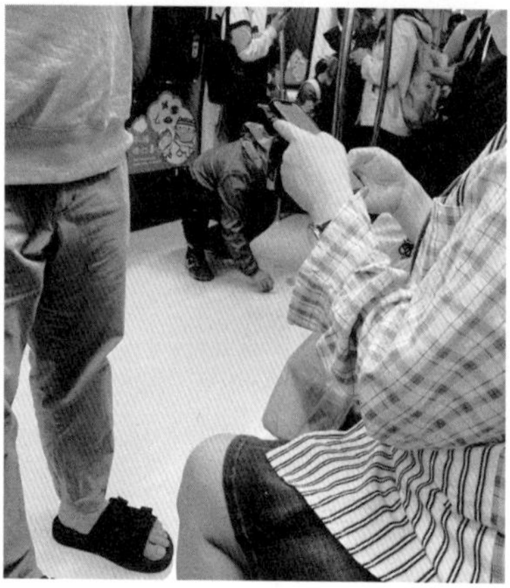

「月月」

「妳每次都當別人的太陽，而我想當妳的月亮。」這是我在十五歲寫給她的，當時覺得沒什麼，現在回想，她大概是我生命很早期就決定要好好愛的一個人，是我自己選擇的家人。一晃眼，十年超過了，我仍然日復一日地做這個選擇。

她既能獨樂樂，也能眾樂樂，她在哪快樂就在哪，因此她身邊總是不乏人群。前一天喝酒到早晨，隔天開車出遠門，她的電力總是耐久又續航。每次看到救護車，她都會閉上眼雙手合十，她總是對人懷抱善意。像她這樣體力與善意都源源不絕的人，我這一生也只見過一個。想起了自己當初為何而接近她，大概是因為我也想變得跟她一樣快樂，只是到後來我才知道，快樂也只是她的一部分而已。

她懂很多疤痕之類的事，卻有著充滿毅力的樂觀，而這總是使得我從內心由衷地敬佩。她是那種一朝被蛇咬，卻不會怕草繩的人，也是那種能在水裡看見海洋，在音樂裡看見天堂，在黑暗裡看見光的人。而生活很壞的時候，我只想到她身邊，因為我知道，此刻我只是需要她那總能發現善的眼光。

我們從未同班，卻是彼此最緊密的朋友。大學即將畢業時，我常上來臺北實習面試，我們窩居在她租的小雅房，睡在她小小的單人床，我常醒來看見她仍在檯燈旁，她是那麼努力，她值得世界上所有的開心。我總是跟她分享所有在我腦中閃過的事，我們聊著二十歲對世界的純眞想像，講著豪放的話，要住大大的房子，養隻可愛的狗狗，要喜歡自己的工作，要表裡如一，而這個城市也從未允諾過我們幸福和快樂，我們只是決定這樣相信。

畢業剛來臺北，我結束了一段感情，她帶我去吃好吃的，帶我到沒有人認得我的地方哭。當時的我究竟怎麼好起來的，我一點都不記得，只是到現在我都忘不了她那時跟我說的話。「我知道妳現在很難過，但妳現在先想像有一個人，她二十八歲。」我淚眼婆娑不明所以，閉上噙著淚的眼，腦中自然地浮現了一個圖像。「她笑口常開，很愛笑。然後跟同事朋友的關係都不錯，跟另一半的相處自在、舒服。事業小有成，家人也很支持她在事業上的成就。走路有風，可能是秋天的東北風吧。她身上很香，穿搭也很好看。當有人問起一段她談過很長的感情，她會笑著說當年的他們都盡力了，也很開心最後選擇分開，因爲她才能擁有之後更快樂的生活。」我張開了半乾的眼睛，等著她繼續。

「那個人就是妳。」那個人就是妳，她看著我，眼裡充滿了相信。

在那個當下我忽然明白，只要這世界還有人關心我，我便永遠不可能眞正堅強。但正因如此，我發現了人活在這世上最大的動力，無關個體的堅強，而在於人對所愛之人的不想辜負。如果我愛的人，她比我更相信我會快樂，那此刻我願意爲了她的相信而努力。那天過後我不太哭了，當我再次回過神來，才發現我已在路上，而身旁有她。我想起了巴爾札克曾說的一段話：「所謂的愛，其實就是一般坦白的人對賜予他們快樂的人，所能表示的，最熱烈的感激。」在她身邊快樂的我，確信我如此愛她，而人生中難得有這樣的此刻，除了感激之外，一無所有。

我們跑了臺北的許多地方，人們來到這座城市多半懷抱嚮往，為了更好的資源而齊聚一堂，然而她卻是少數我看過，真心喜愛著這座城市的人。即便這裡擁擠競爭、多雨常悶，她卻總是能載著滿箱的汽油，眼前有開放的道路，心無罣礙地開著車出發。她有著我看過最強韌的蹓躂精神，即便這喧鬧人潮滾滾的城市時常眾生雜遝，她卻總能四處蹓躂，找尋下一個讓自己開懷大笑的地方。我想也正因如此，讓不在這裡出生的我，也開始對自己的二十幾歲，能以這座城市作為努力和拚搏的場景感到些許平安。因為我也染上她那份對生命的信任，不管如何，她讓我相信這座城市總會容納一切的發生，這座城市總是美好，而我們就身處其中，我們也是美好的一部分。

然而總是獨立堅強、樂觀開朗，無須讓人擔心且不斷傳遞關壞的她，這些特質卻從不是因爲她來自風和日麗的家庭。她讓我相信所謂人之幸與不幸，並非總來自童年，而原生的事物雖如根，後生的莖葉卻也可畏。在好幾個她無法燦爛照耀他人的時刻裡，我見證過她褪去陽光後的盈虧，那些她曾經歷的厄運、流放和絕望，我總是一言不發。我也不知道，不知道爲什麼這些事會發生在這麼好的一個人身上，但只要她願意，我會一直聽她說，直到世界和平，直到她那邊再次出太陽。

我們比誰都明白，出生雖是一件如此身不由己的事，但仍然可以用一生來學習面對。我們決定一起練習去搜集更多的眼光，以來看待自己的出生。我們一同在臺北申請了出生證明，一起親手捧著這張來到人世間後，那薄如蟬翼卻重如山的，第一份資料，看見了自己的生辰。她是在暖冬的下午出生，而我是在春天早晨，還記得知道彼此生辰的那天，我打開了我與她的星盤，按捺不住心中的激動，熱淚滾滾。因爲我竟印證了兒時對她說的那句「我想當妳的月亮」，我看見我的月亮星座，正好是她的太陽星座，所以當她進入漫漫長夜，我能夠爲她高掛星空。

我曾思考過，朋友這不需要血緣和契約的關係，究竟如何界定與理解。後來，我在朋友的字源裡，發現「朋」是象形字，最早是指用來計價的兩串貝殼，代表著等價與對等；「友」也是象形字，是兩隻手牽在一起的意思，所以朋友，就是對等地牽著彼此的手。然而，朋這個字，演變至今成為了兩個「月」，總會讓我在看到「朋友」這兩個字的時候，看見兩顆月亮相倚，又互相牽著手的畫面。我想，正因朋友是人世間最沒有束縛的一種連結，少了血緣與契約，朋友比任何一種關係更有機會貼近平等，然而從最初的對等走到最終，我想朋友的內容，應該仍有很大一部分，關乎如何陪伴對方走過完整的，擁有日與夜的一天。

如同我曾看過一則關於相愛的譬喻，它是這麼說的：「若一個人的缺點多得如繁星，優點卻少得如太陽，然而只要太陽升起，星星便會消失的話，那一切便無妨。」我雖曾被她的陽光深深照耀過，但比起總是和她度過陽光普照的燦爛節日，我想我更願意和她坐在那繁星點點的夜空下，陪她把這個長夜坐成梵谷的星空，陪她把這些星星連成星座。

我想我這一生能愛的人就那麼多，而我不希望連這些少少的人，我都還愛得淺。我想理解她說的謊裡有幾分眞，而她的坦白裡又有多少假，想陪她馱住無數次日落，並和她守夜凝望一整片夜空。也許她天生如此，再怎麼踉蹌徬徨，都仍堅持要靠自己的雙腳前行，所以當她關上門只為獨自解決所有問題時，我想一次次地邀請她在門邊留一道縫隙，讓別人能進去愛她，讓別人能陪她一次次明白，自我與傷痛並不是用來戰勝的，而是用來共處的。而門外有那麼多的人，等著守望並願意陪她。

我願在意她的不幸，我願看顧她，這一輩子還期待能一起多去幾個地方，走走看看、吃吃喝喝，不一定要快樂。我想愛這件事，很大一部分是陪伴對方度過生命裡的災難與暗夜，而這件事是如此耗心與費時。然而為所愛之人浪費的時間，往往比其他時間更像時間，為所愛之人付出的心也不該省，因爲心有時候如同顏料，久未使用就會凝固乾涸。而年復一年，我會持續做著自十五歲寫下那句話後就一直在做的，一次次地成爲她的月，一次次地陪伴她去經歷，平平安安長大，這件如此不容易的事情。

「人呆」

他說他討厭自己的名字，因爲念起來不協調，但唯獨喜歡名字裡有個保字，因爲保這個字拆開看就是人呆。當時我只感覺他若愚，卻漏看了他深藏的大智，只覺得這人無賴平凡，相處起來自在，總是傾聽且寡言，只要跟他聊起天，一晃就是一整晚。

才二十初頭，頭上卻布滿著白髮，這少年的白，讓我總忘了我與他年齡的差距，所以你現在到底是幾歲，這句話不知問了他多少回。我們什麼都聊，那些我日常對生活的細究與探問，他從不表示同意或不同意，卻總是能天外飛來一句回應，使得我好奇他這白茫茫的頭髮底下，到底藏著什麼魔法。

他又菸又酒，只打單機遊戲，他說線上遊戲是一群人的權力場域，然而單機遊戲是一個人的奇幻世界，相比於贏，他更愛樂趣。對於我的奇思妙想，和旁人總不解的情緒，他總是見怪不怪，像個人類學家一樣做著田野，聽著我說三道四、語重心長。對不起喔，我太敏感了，我每次都連忙道歉。「我覺得妳不是敏感，妳是很珍惜妳的每個情緒跟狀態。我相信人其實是都是千頭萬緒的，有些人會選擇忽略，只是妳沒有而已。」有一次他這樣對我說，就這樣，困擾我一生的敏感問題，好像突然間沒那麼困擾了。

他胸無大志，卻胸有點墨，看的書比說的話還多。他常笑著說，我這人啊，就是混亂邪惡，見人說人話見鬼說鬼話，於是我跟他聊女性，他跟我聊李維菁孟若張愛玲；跟他聊道家，他隨意跟我分享歷史上道家治國的文景之治；跟他聊城市裡的天橋，他跟我分享他對城市裡異質空間的諸多想法。他就像永遠不會漏接球的拍，我說什麼他都能打回來，卻又從不用力過猛，將我擊殺或讓我辛苦地跑出場外。

有一次，他跟我講楚漢相爭的故事，我聽哭了。他說項羽最後在垓下四面楚歌之際，跟虞姬還有他的坐騎烏騅馬待在帳篷裡，項羽要放走烏騅馬但牠死賴著不走，我說等一下我小時候沒有聽到這一段，這是什麼再見可魯的情節，我止不住淚。他繼續說，後來在帳篷裡霸王別了姬，烏騅馬呢，我急切地問，跟著江東父老回江東了。我哭著說，這種動物跟主人別離的劇碼太感人了，我還想聽更多。他沉默了一下，說他想到了，關羽的赤兔馬在關羽死後也再也不給任何人騎，於是我又嗚咽了一陣，暗自發誓，烏騅馬、赤兔馬，我會記得你們。

我總是東問西問，我眞的沒想過他什麼都知道。他跟我介紹佛陀的十大弟子、封神榜裡的各式牛馬鬼神，他說佛陀十大弟子每個都威風八面、各顯神通，每位弟子都有一項超能力，而其中他最喜歡須菩提，祂的能力是解空第一。什麼是解空啊，我問，就是很瞭解何謂空，何謂無這類的東西吧，他說。我想起莊子曾說過：「樂出虛，蒸成菌。」音樂，都是從虛空的洞裡出來的，因爲有空間，氣才能流動，這也是樂器設計的原理；而細菌，卻都是因爲聚集而悶蒸出來的。我想要自己的生活空得有音樂，還是忙得生細菌？我貪心地想折衷，但我看著喜歡「解空第一」的他，發現他竟像個樂器，跟他在一起時，我聽得見音樂。

有時我也會跟他發牢騷，自嘲自己總是選比較難走的路，手頭那麼緊，口袋那麼淺，心靈的富有卻不總是穩定。他說，他覺得人生最好的情況呢，就是可以買到一些想要的東西，但買不起所有的東西。爲什麼呀，這樣不會不過癮嗎，我馬上追問。有取捨的人生才好玩啊！他這麼一說，我才想起叔本華講的，人就是擺盪在痛苦跟無聊之間。一無所有讓人痛苦，無所不有讓人無聊，所以人這一生，也許還是偶爾得去體驗所謂求而不得、捨而不能，去執迷過一種只有自己才能醒悟的遭遇，去哭過一種只有自己最後才能笑看的選擇。完整過自己的好壞得失，取過也捨過，也許才是眞正被保佑的一生。

在他身旁我總嘰嘰喳喳，而他甚少主動說起什麼話，他總是傾聽，像他的名字般人呆不張揚。許多時候他滿腔想法，卻從不露鋒芒，有一次又看見他在討論裡對熟悉的議題沉默不說話，我忍不住脫口而出，好奇他裝傻的企圖。「也不是想裝傻，只是我覺得很多時候，好像沒必要急著當個解釋一切的人？」聽他這麼回答，換我沉默了半晌，他問我在想些什麼，而我沒告訴他。我只是在回想我這一生的努力，其實都是爲了要與無知脫鉤，然而在這個分眾的時代，選擇做一個無知的人，也許更需要勇氣。因爲面對眼前的眾聲喧譁，能夠放下自己所擁有的智識和視野，並謙卑地做一個旁觀者，有時候比站起身義正嚴詞地詮釋世界，還要困難得多。

我想起安溥曾在一次專訪中談到〈最好的時光〉這首歌的編制只用了一把吉他，而這幾年她學會的技巧，一個都沒派上用場。她不是不明白，市場期待她突破，但要唱一個大家認定自己已足夠熟悉的曲風，其實是她鼓起勇氣做的選擇，而這個選擇成爲了她在這張專輯裡最珍惜的決定。因爲知道有些作品適合素面朝天，她放下了想替作品上妝的虛榮心，自廢武功並甘願平淡，只爲了唱出一軌平凡到放了一百遍也聽不膩的音樂。她放棄了讓這張專輯來定義此刻的自己，只因「我知道，我會，我還能做更多」的自尊，在此刻不是最重要的。

而看著眼前有著知識卻選擇不用的他，也並非對世事漠不關心，只是對他而言，「我知道答案」這樣的自尊，在很多時刻也不是最重要的而已。我想這是我喜歡和他待在一起的原因，因爲我能夠學習不讓自尊介入地，去看待眞正重要的事情，這種感覺如同我曾在魯米的詩裡所看見的那樣：「在是非對錯的疆界之外，有一片更廣闊的曠野，而我們會在那裡相遇。」他從來不曾分析過我，而是深深地意會，他把觀點交換當作一種鼓勵，而非即興的戰爭。當我在他周圍，我可以看見過去自尊所帶來的對錯與是非，曾經如何地佔滿了空間，又如何地影響我與他人在更深刻層面上的相遇。此刻我所體驗到的這種寬敞，在我的生命中非常難得，而我將會一生眷戀。

有時回想起與他的這整把機遇，都會感到一種近乎宗教式的驚奇，感嘆著命運的大手如何將素昧的兩人相碰。人生最難的實在是相遇，因爲唯獨相遇無法努力。而每每與他相處的時刻，我都仍反覆想起他名字裡的這個保字。以前覺得能夠保護與保佑的人，必定是強勢又強硬的，但在他身上，我反倒看見呆如何在保這個字身上，鎮守了一個神。原來有時候一份強大的保佑可以如此柔軟，如同一張永遠能放心入睡的臥榻，而最強大的保護也並非擋在對方與世界之間，而是甘願退一步，讓海闊與天空能親眼被對方看見。

漸漸長大才明白，聰明是一種能力，能夠被培養，但傻卻是一種信仰，無從學起。而聰明所帶來的局限，便是時常會不小心漏看了唯獨傻與呆才能完成的，那些微小卻重要的事。這些事雖不會是豐功或偉業，卻會是無可挑剔的幸福。

認識他後，我仍然會聰明地做事讀書與說話，然而在面對生命裡的複雜與無常時，我竟不再聰明且著急地構思漂亮的解決方法，而是突然地，選擇皈依了呆與傻。

在是非對錯的疆界之外，有一片更廣闊的曠野，而我們會在那裡相遇。

Out beyond the ideas of wrongdoing and rightdoing, there is a field. I'll meet you there.

——魯米（Rumi），十三世紀伊斯蘭·蘇菲教詩人

「墊上」

此刻我躺在瑜伽墊上，看著天花板，閉上眼睛。總是要回到墊上讓安靜降臨，才會進入漫長的思索，反覆問自己，這樣的安靜，閉上眼穩住鼻息就能拾獲，爲何我總在生活中遍尋不得？

想起了自己爲什麼開始來到墊上，大概是有比賽規則、有輸贏的運動，我一項都不會。但墊上沒有輸贏和規則，只要進入墊上，就彷彿進入一塊淨土，它是那麼大，能裝下整個我，又是那麼小，只裝得下一個我。大和小，擁擠和寬敞，在墊上，常常是一念之間。

我的脊椎是彎的，這使得我的背連接到腳筋的筋骨特別硬，站姿前彎永遠碰不到地，但這樣的我還是一遍遍回到墊上，因爲這無關乎「下一次的我要碰到地」，而是關乎「我如何接受此刻的我碰不到地」。墊上總是關注此刻，而非此刻之外。人如果不去想像未來的自己，是否還能活下去？在墊上，它會告訴你，能，就算你下一秒即將死亡，但你此刻仍然在墊上，活著。

每次躺在墊上的前幾分鐘，閉上眼，我的頭腦便會不斷播送隨機的畫面，如同放映室，時而播放著我的待辦，時而播放兒時片段。我常常看見還不到十歲的我，與回來家裡過年的姑姑。在回憶中，她平躺在和室，要跟我遊戲。

「妳把我的腳舉起來，然後等下放手。」我緩緩地抓著她的腳，往上離地五公分，並放手。那隻腳，懸浮於空中，如同地心引力不存在。「妳放手了嗎？」我點點頭，她抬起頭，驚呼連連。「天啊妳看，我已經完全不會放鬆了，照理來說，妳放手之後，我的腳就要自然往下掉對不對？」她說我們交換，要我躺著，她把我的腳舉裡來，放手，我的腳踝撞地有聲。她爲我能放鬆感到神奇，當時的我躺在地上感到無限困惑，直至多年後的今日，躺在墊上的我，竟然明白了我的姑姑。

我已經活到了一個，需要跟童年學習的年紀。我那孩提時代的身體，還尚未學會緊抓，身體的每一處都是如此自由，能活動和還原。我想像著當年躺在和室地板的我，如同躺在湖面上，水輕輕將我浮起，我不慌不忙，仰躺，能夠去任何地方。而此刻，我躺在墊上，感覺自己躺在手術臺，身體每一處都插著管，每一條管都無限延伸到一件專屬於我的幸與不幸、牽掛與折磨。我與我燙不平的眉頭，仰躺，無處可去。

嬰兒在兩個月開始注意到自己有手，並漸漸習得抓握，至三個月大時，已能握住放在手心的物品。抓握能力是後天習得，放鬆卻是本能，而我所緊抓的這些延伸出去的種種身外之物，我是如此仰賴它們的給予，接受它們的殖民。當年還在學習抓積木的我，肯定沒想過多年後需要費這麼大的力，學會放手。

「回到嬰兒式。」

在每次的練習中，老師常常說這個口令。與其說是口令，更像是一種提醒，提醒我，我曾是嬰兒，我曾經如此嫺熟於放鬆，我曾經擁有軟的筋、鬆的臂膀、不沾的膜。在墊上，我會相信只要我願意，我也許可以當個二十幾歲的嬰兒。我的身體硬如鐵板，她頑強，且抗拒任何不請自來的動作邀請。我時常在墊上迷失、發愣，因爲我無法說服她完許多動作，人家都是恨鐵不成鋼，我卻恨鐵不成棉。我與身體的無法合作，使我每每在墊上都必須承認，我從不是身體的主人，因爲她比我想得更剛烈和叛逆，具有原則和慣性，我無法控制她。我們之間並非主僕關係，更像是可敬的對手，如果不是來到墊上，我永遠不會知道，我是如此傲慢，以爲自己能輕易控制行立坐臥，就能帶領我的身體去任何地方。

嬰兒式，並非眞的像嬰兒般蜷縮在地，反倒像一種膜拜的動作。雙手會無限延伸拉長，頭碰地，臀部往下坐至腳底。嬰兒式在瑜伽練習裡，通常是放鬆與休息時會出現的動作，但每次待在嬰兒式裡，我都感覺這是一段培養敬意的時間。我雙膝下跪，磕著頭，交出我的雙手，我跪拜且臣服，而我培養敬意的對象，就是我的身體。

在墊上，身體是老師。以前讀到韓愈的〈師說〉時，我總是認爲傳道、授業、解惑，都不是一個老師最重要的特質，因爲道其實無法傳，只能自己尋找；業也無法授，只能自己領悟；而惑，生命裡的惑，更多時候都是無法解的。仔細回想那些影響我至深的老師，我從不會說他們教會了我什麼，而是當我們作爲師徒的那一段時間，我過去看不見的，現在看得見了，過去聽不到的，現在聽得到了。好的老師能開發感官，當我帶著更深的視覺與聽覺，道會逐漸清晰，業會逐漸內化，惑就算不解，也能與之共處了。

身體就是這樣的老師，沒有硬塞的答案，只有探索答案的過程。不會言語的身體沒有言教，卻有不停止的身教，祂教會我瞭解自己的極限，並臣服於這樣的極限；教會我看見自己的潛質，並開放這些機會。在這些極限與機會之中，我會接受此刻的自己，最多只能到這裡，但同時也會鼓勵著自己，原來我還能到那裡。

「一隻腳離地。」

「一隻手離地。」

這些離地的口令，總是讓我措手不及，因爲這些動作代表著我將失去我的重心。在墊上，我才發現我是如此依賴雙腳，而當抽掉一隻，我就別無選擇，必須去處理平衡的問題。

平衡這回事，大概從成年後，就成爲了一個永遠不過時的話題。工作與生活、友情與愛情、物質與精神，總是在清單上，等待著平衡。墊上的練習，總是在練習著平衡，而在這些練習中，我也得以看見失衡只在過度依賴某些重心時才會發生。

我能否抽掉一隻腳，仍然矗立；我能否抽掉一隻手，仍然穩定？這些問題如同生活裡的大哉問，我能否抽掉我的伴侶，仍然不慌？我能否抽掉我的工作，仍不忙亂？在墊上，身體鼓勵著我開發更多重心。祂陪我練習，如何在少了一隻腳的情況下矗立，祂陪我看見，如何在抽掉一隻手之後保持穩定。

平衡，只在兩者和多者之間才會產生，當生活分成區，當身體分成塊，我們不得不承擔著失衡的風險。墊上的練習，除了是一項重心轉移的身體工作，同時也是練習把自己看作一個整體。當我願意給身體的每個器官，同等的重量；給生活中的每件事，同等的關注；當我的身體與生活，重力都均勻，那分界將消失，平衡與否也將不再那麼重要。而那些我曾在外頭纏身的問題，來到墊上就這樣輕易脫了身。

「深吸、深吐、再吸、再吐。」

在墊上，意念常常來到呼吸上。呼與吸，吸與呼，從沒有先來後到的問題。一個吸的結束，同時是一個呼的開始，呼與吸既是起點也是終點，它們從不間斷。每一刻，我都在與自身的氣息相遇，沒有這份氣息，我無處可去。而人要活著，要照顧好的，不過就是這一口氣，和腔子裡的那顆心而已。

每次一吸一吐之間，我感受到氣在我的脊椎上下游動，我的尾椎至頸椎彷彿泳池的兩岸。而每次深吸、深吐，都可以感到這些氣息，在那來回規律地遊走，一趟接一趟，不曾歇息。吸氣時，我感覺氣息支持著我，帶起脊椎的骨幹往上生長，我感覺自己像是被拍攝縮時的植物，以種子發芽到生長茁壯的速度，一節節上升。吐氣時，我感覺氣息協助著我，放下那些我緊抓著不放的所有，我的意念、我的執著、我的緊繃。它們像退潮般，在我看得見的地方，以我觸摸不到的速度離開我，卻同時告訴著我，不用追。

來來回回，每一次的吸氣都變得更加飽滿。這些氣流開始能通往身體各處，我感覺自己像是尚未完成下載的系統，因爲操勞了一天，許多身體感官自動關閉。然而我的氣息就像是進度條，每到達一個新地方，我又感覺自己更打開了一些，接受這些氣息的清洗。而到此刻，我才終於眞切地感受到，原來自己可以全然仰賴的對象，竟是我的鼻息。

每次練習的最後，在墊上的最後幾分鐘，我總會眷戀這股靜，爲這無邊無際卻只容得下我一人的墊，感到深深地著迷。我總會雙手合十，祭拜我體內的神，感謝身體又陪了我去那麼多的地方。

想起了自己爲什麼來到墊上，大概是我想練習去接受我這小小身軀，有時候承受不起這龐大的世界。而當氣息清洗著軀幹，我得以一節節張開，那在我之內無遠弗屆的空間；我得以感謝及照料，恭敬且虔誠地用這一口氣，呵成了我的一生。並親眼見證，自己年年衰老，眼花了背駝了皮皺了，而其他方面，在墊上卻完全復原了。

「靜」

我無法處理我生活裡的噪音問題，我需要靜一靜，需要很久了。即便大多時候我孤僻宅居，但我總是覺得吵，我的思緒喧鬧，像永遠關不掉的收音機。大學畢業三年後，我再度恢復學生身分，正值九月，秋天正在前方且開學緊接在後，不像過往急忙地投奔於生命的下個階段，我終於決定處理困擾已久的吵鬧問題。我替自己安排了一場個人僻靜，在臺東都蘭山上，三天兩夜，車程五小時。

僻靜當天，我如自己所預期，開始嫌麻煩。要趕早上七點半的火車，惰性拖住了我，未完成的事項誘使我留下，我明白就是這股我貪戀的忙，讓我總是滯留在臺北。天未亮我便起床，行李很輕，心事很重，沒見著太陽，今天的臺北是陰天。順利地趕上了火車，卻抖不掉全身上下的工作氣，我一直說服自己到宜蘭我就不工作了。忘記走了多遠，才將那股忙氣拋在後頭，隨著火車一路往南，天氣漸漸晴朗，外務也不再纏身。抵達臺東時，豔陽高照，我在車站內完成僻靜前最後一個工作，關上電腦，朝安靜走去。

這是我第一次一個人去到那麼遠的地方，來載我的司機阿富，是一個開朗的釋迦農夫，他曾經在臺中工作，後來回到家鄉，回都蘭山上種釋迦。我問他爲何如此，他也說不明白，只說開門看到海，感覺就會好。他隨即載我去觀光，帶我一覽都蘭看不完的海。我們走走停停，阿富不同於熱心的當地人，急著對我傾倒家鄉的好，反而給了我許多的時間，讓我獨自去體會這個他住了一輩子的地方。

抵達僻靜空間時，下午兩點，我四處參觀，在附近繞繞。這裡依山傍海，門外有棵大樹，樹的下方有個洞，不知通往何處。這棵樹讓我想起《哈利波特》裡頭的渾拚柳，渾拚柳是一棵凶悍的樹，它強韌的樹枝會無差別攻擊，但只要按下它身上的樹瘤，它便會安靜下來。它底部一樣有樹洞，且通往神秘的地方，小時候我在看《哈利波特》時，都會感覺它如此凶暴，是不是因爲它有想保護的東西？我走到這棵樹面前，它如此巨大強壯，卻如同被戳了一輩子的樹瘤般，安靜地矗立。我感覺被保護了，祂用樹影歡迎我，彷彿邀請我接受它的庇蔭。

回到室內，意外發現這裡有網路，但我竟一點都不想使用。原來人對自己的當下產生濃厚的興趣時，注意力就幾乎無法再分給任何地方。我開始看書，不著急地看，不急著理解。快四點我吃了晚餐，有四隻貓咪佔領爐灶，牠們陪伴我料理食材。用完餐我去洗澡，我似乎沒那麼早洗過澡，洗完看著窗外，天竟還沒黑，我就坐在那把剩下的書繼續看完。這一坐把日光坐成了夕陽，再次抬起頭，窗外已染成一片靛藍，我望著出神，意外地發現，睡意竟提前拜訪。

我這才起身去看手機，竟還不到晚上九點，此刻的我若在都市，必定是身在工作或身在飯局。手機的電量滿溢，勾引著我消耗，我卻如狠心的情人，前一天還愛得分不開，現在卻將它冷落一旁。直至此刻我才發現，我甚至沒有意識到我來到這裡本想處理的噪音問題，我如此專注於當下，甚至聽不到那些吵。面對此刻的睡意，我既是欣喜，卻又害怕。欣喜在我渴望的作息調整，是不是就要實現？害怕在一天結束前的時間，若就這樣睡去，是不是便成浪費？

我曾在《格雷的畫像》裡看見王爾德描述一個鄉村婦女的生活：「因爲要做的事很多，所以早起；因爲要想的事很少，所以早睡。」一句話令我茅塞頓開，成群的都市人整天一臉倦容地相聚，我們誰不是要做的事多，要想的事也多，於是晚睡早起？城市是永晝，太陽下山後，街道仍是亮的，而城市人的心卻跟隨大自然一起暗去。於是我們趨光，往燈紅亮晃的地方闖，我們如撲火般地相聚，排解寂寞和尋歡，置身於吵鬧，思考，直至痛哭。

在這毫無聲響的臺東山上，外頭一片漆黑，沒有人工的永晝，暗夜直現其眞身在我眼前。我發現我幾乎從未凝視過如此乾淨的夜晚，沒有萬家，沒有燈火，只有黑，純粹的黑。我看著這片黑，甚至忘記我是怕黑的，我此刻是如此昏沉，我的身體與這片暗共鳴，在內部急速褪黑。身體提醒著我，我們本有節律，遇見白會有活力，而遇見黑會有睡意。只是在城市生活，黑與白的界線，時常是分不清了。

我睡著了，足以用酣甜來形容，上次這麼早睡應該是國小了，那個要想的事少，於是早睡的年紀。我六點鐘便醒來，提早關掉了我預設的鬧鐘，發現自己並不需要。嘗試賴床，賴到七點半，就再也賴不了。下了床，我感受到了眞正的朝氣，大自然也剛醒不久，和祂一起，感覺早晨有個伴。細嚼慢嚥地吃完早餐，整個早上我花了很多時間在發呆，我專注在發呆本身，而且不急不徐地讓自己在那樣的狀態裡。想到我平常在臺北，常常有神遊的欲望，然而，我通常都會很急迫地中斷，並再次回到眼前的工作。

我在餐桌上吃飯，看見窗外那棵樹，和祂後方的海，我突然發現我看得好清楚，一點也不惺忪。我第一次感覺人的視線原來可以拋到那麼遠，彷彿只要我持續望向這沒有盡頭的遠方，我將能無遠弗屆。早餐剩下的咖啡我帶到戶外喝，今天的風很大，我聞到了青少年時期家鄉常有的味道。秋天到了，體內的季節憂鬱躁動著想佔領我，但是在大樹的庇蔭下，我感覺我的神，回到了我身邊，沒有人能弄傷我。我覺得自己變得好輕，而且好不重要。而這個不重要，卻是那麼甘心，不同於在都市裡因自卑和比較所產生的，那些詆毀自己的自暴自棄，而是一份對生命的敬畏，一種自願往後退並成爲背景的一部分，只因想好好感受自己只是世界的分母，而不是那多麼重要的分子，多麼了不起的幾分之一。

我想起了國小在女兒牆外望遠凝視的時光，那個時候近視如同是絕症，我時常被長輩如此恐嚇。要照顧好自己能看見紅綠燈秒數的眼睛，因此每次望遠凝視的時間一到，我便會乖乖站妥，找任何綠色的東西盯著出神。視線所及之處，都是我身體的延伸，小時候眞的覺得世界如此地大，而我的視線可以帶我去任何地方。然而遠方的東西，我終究是看不清了，後來我凝視的東西越來越近，課桌椅上的考卷、樂譜上的音符、《哈利波特》和《暮光之城》、鏡中的身體和前方的目標。小五開始戴起了眼鏡，遠的東西從那時開始，再也沒看清楚過。我近視了，我習慣凝視近的東西，世界變小了，只剩下張開手臂的距離。

我變得容易傷心和快樂，情緒能輕易隨眼前的發生，左與右、漲與退。眼前的甘和苦變得如此巨大，使得我總深陷其中，無法迴避。生活常常是這一刻能先甘後苦，而沾沾自喜，下一刻又因先苦後甘，而哭天喊地。但甘和苦，不過是先來後到的問題，是一種生命的順序，只是近視如我，後頭的東西怎麼也看不清。短視與近利，爲何被放在一塊，突然也明白了一些什麼。而我們這群在城市裡近視的小孩，又該如何同時戴著厚重的近視眼鏡，同時聽明白人生要看開和看遠的道理？

我獨自一個人，在這片樹下，完成了成年後的望遠凝視。而這一望，一路望到了海與天模糊的交界，那無聊單純卻澄澈的盡頭。我想起自己在城市裡，有時清閒的早上，也會走到陽臺想將視線拋向遠方，卻總是很快地就被高樓與建築反射，我的視線總是得用鑽的，才能勉強看到遠方依稀有山。然而此刻在這裡，視線有去無回，我的眼神停在遠處休息，而回望我的，是一片更寬更廣的東西，我感覺自己消融在這片互望之中。

午後回到室內，陪自己玩了場遊戲，我隨意寫了一首詩，並挖空幾處。閉上眼，把剛剛在樹下望遠時感受到的幾個詞彙，寫在一張張小紙上，並隨機地放在挖空的位置。我爲自己做了一首拼貼詩。

「在安靜的此刻是我的風，
而你說海濱是你的庇蔭。
沒有張開的視線還算強烈嗎？
有著計算的盡頭難道就平安嗎？

我在小鎮的旁邊等著你的包圍，
你在樹的後方等著我的思念。

而我們發呆，而我們消融。」

我襯著下午的陽光灑落，一一解開這些文字，被這些錯落且沒有邏輯的組合感動得一塌糊塗。此刻四周是靜的，我的心是暖的，而這些文字是活的。

想起了我在小時候替自己寫好的人生時間表，幾歲的時候要完成學業、擁有理想工作、結婚生育，一切都算得剛剛好，彷彿只要跳入這些公式，我就能等於一串美好的算式。然而從大學畢業後，這份時間表逐年與我的人生脫節，意外來得比計算還快，倉皇失措的我，也曾經求著神問過卜，希望有任何一個更高的力量，能算出我一生的圓滿。但此刻我在這裡，透過意識隨意拼湊出來的這些，似乎就是我的心，想給這一生勤於計算得失的頭腦，一些祂眞正反省出來的方向：「有著計算的盡頭難道就平安嗎？」

這一天的結束與昨日相同，早早吃飽並淨身，用僅剩的日光，持續被書本滋養，再次抬頭窗外已是一片靛藍，然而今日卻有亮得刺眼的月光和銀河。我走出室外，抬頭看見這亮晃晃的斑駁，頓時失去了所有語言。

白天的時候我得以向遠看，晚上的時候我得以抬頭看，臺東啊，謝謝你讓我目光放遠，抬頭挺胸。今晚，又要跟大自然一起入睡，而這外頭沉睡的山與海，竟讓我不再害怕黑夜，並甘願割捨人爲的永晝，隱沒在黑夜中，等待下一次的甦醒。

在安靜的此刻是我的風，
而你說海濱是你的庇蔭。

沒有張開的視線還算強烈嗎？
有著計算的盡頭難道就平安嗎？

我在小鎮的旁邊等著你的包圍，
你在樹的後方等著我的思念。

而我們發呆，而我們消融。

「後記」

還記得收到出版散文的邀請是個冬天下午，而完稿的那天是個夏日凌晨，天矇矇亮，整個家很安靜，只有我的心在吶喊。從動筆至完稿，大概花了兩年，心力卻遠遠超過，過程中停筆的時間佔多數，很多日子我放棄自己，放棄文字，與自己的自卑對抗，和生活的傷心共處，狀態好些的時候才像個拾荒者，把那些被我拋棄的自我和字句撿回，想著這些腐朽該如何化為平凡或神奇。

嚴格來說，我其實不清楚自己的書寫主題，這些事能被我書寫下來，不是為了處理，而是爲了不再逃避。面對自己雖然很傷心，但背對自己也無路可去，所以每次寫作，都是下了好幾次決心。我想也許拿起這本書的人，跟我一樣心中也有常駐的無解問題，它們可能是昨天的煩惱，帶到了今天，又或是夏天的煩惱，帶到了冬天。

我還有太多事搞不明白，比如說，有些時候昨天的煩惱，到了今天還想不開，但又有些時候曾在夏天擔心的問題，到了冬天也竟已完全不在意。我永遠無法測量我的內心，它時而水洩不通，時而無邊無際。又或者，有些人和事，雖在我的生命裡從此缺席，卻也變成了另一種形式，在我的生活裡從此在場。如同我再也無法回去的租屋處、我搬離的兒時住家、逝去的情誼或感情，它們已經永遠消失在我的生命裡，卻同時無處不在，如影隨形。我永遠無法眞正確認，事情究竟結束了，或仍然繼續。

而我想記錄的，便是這種跟無解和想不透所一起生活的日常。生活是自己在過，卻同時夾帶著太多忍不住的回眸，以及太多他者參與其中。有時溫故，無法知新，卻能漸漸搞懂自己究竟發生了什麼事情，也會開始對自己在生活中，慢慢累積的這種理解，感到珍惜。

這本書像是一則則日記，零碎且日常；也像一齣齣小劇場裡的內心戲，浮誇又張揚；但也像一張張病歷表，毫不遮掩地展現我的症狀。生活並非完美的算式，常常無法整除，而大多數時候，我們常常拿那些餘數沒有辦法。然而在我完成這本書的當下，胸無大志又總是浮躁脆弱的我，突然很希望拿起這本書的人可以明白，雖然有時候日子是在劫難逃，但這本書也許能幫你平分，生活帶給你的重；這本書也許能幫你稀釋，生活帶給你的壞。

未來若有機會見面，我們不需多多指教，但我會向你問聲好。

謝謝你到此一遊，用力和你揮手！

高可芯敬上

無解的日常題目

作　　者　高可芯 Cady Kao

責任編輯　黃莀宥 Bess Huang
責任行銷　袁筱婷 Sirius Yuan
封面裝幀　謝捲子 Makoto Hsieh
版面構成　譚思敏 Emma Tan
校　　對　許芳菁 Carolyn Hsu

發 行 人　林隆奮 Frank Lin
社　　長　蘇國林 Green Su

總 編 輯　葉怡慧 Carol Yeh
主　　編　鄭世佳 Josephine Cheng
行銷主任　朱韻淑 Vina Ju
業務處長　吳宗庭 Tim Wu
業務主任　蘇倍生 Benson Su
業務專員　鍾依娟 Irina Chung
業務秘書　陳曉琪 Angel Chen
　　　　　莊皓雯 Gia Chuang

發行公司　悅知文化　精誠資訊股份有限公司
地　　址　105台北市松山區復興北路99號12樓
專　　線　(02) 2719-8811
傳　　眞　(02) 2719-7980
網　　址　http：//www.delightpress.com.tw
客服信箱　cs@delightpress.com.tw

I S B N　978-626-7288-86-3
建議售價　新台幣３８０元
首版一刷　２０２３年11月

國家圖書館出版品預行編目資料

無解的日常題目／高可芯著. -- 初版. -- 臺北市：悅知文化 精誠資訊股份有限公司,2023.11
面；公分
ISBN 978-626-7288-86-3 (平裝)
863.55　　112015336

建議分類｜華文創作、散文

悅知文化 Delight Press

線上讀者問卷 TAKE OUR ONLINE READER SURVEY

終有一日，當我們再次醒來，能深深地明白，

那我們一直所希冀的相安和無事，總會到來，終將到來。

——《無解的日常題目》

請拿出手機掃描以下QRcode或輸入以下網址，即可連結讀者問卷。

關於這本書的任何閱讀心得或建議，歡迎與我們分享 :)

https://bit.ly/3ioQ55B

人要活著，要照顧好的，
不過就是這一口氣，和腔子裡的那顆心而已。